# 내 슬픈 창녀들의 추억

Memoria de
mis putas tristes

MEMORIA DE
MIS PUTAS TRISTES

by Gabriel García Márquez

Copyright © GABRIEL GARCÍA MÁRQUEZ, 2004,
and Heirs of GABRIEL GARCÍA MÁRQUEZ
All rights reserved.

Korean translation edition is published by arrangement with
The Estate of Mercedes Raquel Barcha de García Márquez
c/o Agencia Literaria Carmen Balcells, S.A.

Korean Translation Copyright © Minumsa 2005, 2016, 2024

이 책의 한국어 판 저작권은 Agencia Literaria Carmen Balcells, S.A.와
독점 계약한 (주)민음사에 있습니다.

저작권법에 의해 한국 내에서 보호를 받는 저작물이므로
무단 전재와 무단 복제를 금합니다.

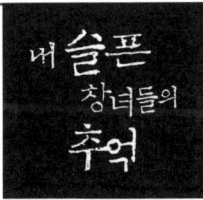

Memoria de
   mis putas tristes

가브리엘 가르시아 마르케스

송병선 옮김

차례

내 슬픈 창녀들의 추억 ..... 9

옮긴이의 말 ..... 153

"고약한 짓은 하나도 할 수 없습니다." 여관 여주인이 노인 에구치에게 경고했다. "잠자는 여자의 입에 손가락을 넣어서도 안 되고, 그와 비슷한 어떤 짓도 해서는 안 됩니다."

— 가와바타 야스나리, 『잠자는 미녀의 집』

# 1

 아흔 살이 되는 날, 나는 풋풋한 처녀와 함께하는 뜨거운 사랑의 밤을 나 자신에게 선사하고 싶었다. 나는 로사 카바르카스를 떠올렸다. 비밀의 집 여주인인 그녀는 '새로운 것'이 손에 들어오면 자신의 단골손님들에게 알려주곤 했다. 그러나 나는 이제껏 '새로운 것'이라는 말에 굴복한 적도, 그녀의 온갖 음탕한 유혹에 넘어간 적도 없었다. 하지만 그녀는 내 원칙이 얼마나 순수한지 믿지 않았다. 대신 얄궂은 미소를 지으며, 도덕 역시 시간의 문제일 따름이고, 머지않아 당신도 그걸 알게 될 거예요, 라고 말하곤 했다. 그녀는 나보다 약간 손

아래였지만, 소식이 끊어진 지 오래되었기에 이미 죽었을지도 모른다고 생각하고 있었다. 그러나 전화벨이 울리자마자 수화기에서 흘러나온 목소리를 듣고는 대번에 그녀임을 알 수 있었다. 나는 거두절미하고 본론으로 들어갔다.

"오늘은 좋소."

그녀는 한숨을 푹 내쉬고는 말했다. 이런, 서글픈 현자 양반, 당신은 이십 년 전에 사라졌다가 오늘에서야 다시 나타나 불가능한 것을 요구하는군요. 그러고는 즉시 자신의 전문 분야로 돌아가 내게 구미가 당기는 제안을 여섯 가지나 했지만, 하나같이 중고품이었다. 나는 단호하게 안 된다고, 처녀여야만 하며, 그것도 당장 오늘 밤에 필요하다고 말했다. 기겁을 한 그녀는 도대체 뭘 맛보고 싶은 거예요? 하고 물었다. 나는 특별히 생각해 둔 것은 없다고 대답했다. 나를 제일 아프게 하는 그곳이 상처를 입었소. 난 내가 할 수 있는 것과 할 수 없는 것을 정확하게 알고 있소. 내 말에 그녀는 현자들은 자기가 모든 것을 안다고 생각하지만 실은 그렇지 않다며 냉정하게 말했다. 처녀자리들 중에 아직까지 이 세상에 남아 있는 사람들은 8월에 태어난 당신들뿐이에요. 좀 더 여유를 두고 부탁하지 그러셨어요? 영감이란 예고하고 찾아오는 게 아니오, 하고 내가 대꾸했다. 나쁜 짓이라면 그 어떤 남자 못지않게 훤히 꿰고 있는 그녀는, 그래도 기다려보세요, 하고는 시장을 샅샅이 뒤질 수 있도록 이틀만 말미를 달라고 했다. 내 나이의 남자와 이런 장사를 하려면 한 시간이 일 년과 같다는 걸 잊지 말아야 한다고 내가 반박하자, 그녀는 전혀 머뭇거리지 않고, 그렇다면 할 수 없지요, 라고 했다. 하지만 금세, 알았어요, 그럴수록 더 감동적이겠네요, 젠장, 한 시간 뒤에 전화할게요, 했다.

내 외모는 멀리서도 금방 눈에 띄기 때문에 굳이 설명할 필요는 없지만, 나는 못생겼고, 수줍음이 많고, 유행에 뒤떨어진다. 하지만 그런 사실을 받아들이고 싶지 않아서, 늘 그와는 정반대인 사람처럼 행동해 왔다. 오늘 아침 태양이 떠오를 때까지, 그러니까 나 자신의 자유의지에 따라 내가 어떤 사람인지 말하겠다고 결심하는 순간까지 그래왔다. 나는 오직 나를 짓누르고 있던 의식에서 해방되고 싶었다. 그래서 로사 카바르카스에게 무례한 전화를 거는 것으로 하루를 시작했다. 오늘의 관점에서 보자면, 그것은 대부분의 인간이 죽어 있을 나이에 새로운 삶을 시작하는 첫걸음이었던 것이다.

    나는 산 니콜라스 공원의 양지 바른 길가에 있는 식민지풍의 집에서 산다. 그곳은 내가 아내도 돈도 없이 평생을 보낸 곳이자, 내 부모님들이 태어나고 돌아가신 곳이기도 하다. 나는 내가 태어난 바로 그 침대에서 먼 훗날에 아무런 고통 없이 홀로 죽음을 맞으리라 결심했었다. 19세기 말에 헐값으로 이 집을 사들인 나의 할아버지는 고급 상점을 차리려는 한 이탈리아인 부부에게 1층을 세주고, 2층은 그 부부의 자식들 중 딸인 플로리나 데 디오스 카르가만토스가 행복하게 살 수 있도록 따로 떼어놓았다. 그녀는 모차르트를 훌륭하게 연주했고 외국어에 능통했으며 가리발디의 후손으로, 이 도시가 생긴 이래 가장 아름답고 가장 재주 많은 여인이었다. 바로 그녀가 내 어머니이다.

    집은 넓고 환했다. 아치는 회반죽으로 만들어졌고, 피렌체산(産) 타일을 붙인 바닥은 체스 판 같았다. 커다란 발코니에는 네 개의 유리문이 있었다. 3월의 밤이면 어머니가 이탈리아인 사촌들과 함께 그곳에서 사랑의 아리아를 부르곤 했다. 그곳에서는 성당과, 크리스토퍼 콜럼버스의 동상이 있는 산 니콜라스 공원과, 공원 너머로 펼쳐진 커다란 마그달레나 강의 포구와, 강어귀에서 100킬로미터나 떨어진 아득한 수평선이 바라다보였다. 이 집의 유일한 단점은 하루 종일 햇빛이 이리저리 창을 바꾸어가며 비치는 탓에, 시에스타 시간이 되면 창문을 모두 닫고 후텁지근한 어둠 속에서 낮잠을 자야 한다는 것이다. 서른두 살의 나이에 혼자가 된 나는 부모님이 쓰시던 방으로 침실을 옮긴 다음, 서재로 향하는 중간 문을 터버리고는, 나에게 필요 없는 세간들을 경매에 붙이기 시작했다. 그래서 결국 책과 피아놀라*만 남기고 거의 대부분을 팔아치웠다.

나는 사십 년 동안 《라 파스 신문》의 전신 편집자**로 일했었다. 그것은 단파나 모스 부호를 이용해 지구 위로 날아다니는 세상의 소식들을 포착해서는 원주민 말로 재구성하여 기사를 완성하는 일이었다. 이제는 사라져버린 그 직업의 연금을 받고 있지만, 내 생활이 넉넉하다고는 말하기 힘들다. 스페인어와 라틴어 문법 선생

---

\* 사람이 연주하지 않고 내장된 악보를 자동으로 연주하는 피아노.
\*\* 가르시아 마르케스는 자신이 신문사의 기자로 일하던 시절, 서너 명이 전부인 기자들 중 한 명이 살풍경한 전보나 텔레타이프 통신문의 내용을 늘이는 전신 편집자 역할을 맡았다고 회고한다.

으로 일해 받는 연금은 더욱 빠듯하고, 반세기가 넘도록 한 번도 거르지 않고 써오고 있는 일요 칼럼은 거의 돈이 되지 않는다. 그리고 유명한 음악가나 배우가 올 때마다 대부분 인정상 써주는 촌평으로는 한 푼도 받지 못한다. 나는 글 쓰는 것 이외의 일은 한 번도 해본 적이 없지만, 천부적인 이야기꾼으로서의 능력이나 자질을 갖고 있지는 못하다. 나는 극적 구성의 원칙이 어떤 것인지 전혀 모른다. 그런 내가 글을 쓰는 것은 다만 내가 평생 동안 읽어온 수많은 것들로부터 세상에 빛이 될 무언가를 줄 수 있다고 믿기 때문이다. 어설프게나마 시적인 표현을 써본다면, 나는 아무런 공적도 영예도 없는 종족의 대장이며, 지금 이 회고록에서 최선을 다해 이야기해 보려는 내 위대한 사랑에 얽힌 사건들 말고는 우리 종족의 생존자들에게 남겨줄 것이 하나도 없다.

아흔 살이 되던 날, 나는 평소대로 새벽 5시가 되자 기억을 떠올렸다. 금요일이었으므로 내게 주어진 유일한 일과는 매주 일요일 《라 파스 신문》에 실리는 칼럼을 쓰는 것뿐이었다. 동틀 무렵부터 나를 즐겁지 않게 할 조짐이 완벽하게 나타나고 있었다. 온몸이 쑤시고, 엉덩이는 후끈거리고, 석 달 동안 계속된 가뭄 끝에 천둥을

동반한 폭풍이 몰아치고 있었다. 나는 샤워를 하는 동안 커피를 내린 다음, 꿀을 넣어 달콤하게 해서 카사바 빵 두 개와 함께 마셨다. 그리고 편안하게 작업하기 위해 헐렁한 면바지를 입었다.

물론 그날 기사의 제목은 나의 아흔 살이었다. 나는 나이란 것이 천장의 비 새는 곳처럼 우리 각자에게 남은 생이 얼마나 되는지를 알려준다고 생각해 본 적이 없었다. 아주 어렸을 때, 사람이 죽으면 그의 머릿밑에다 알을 까고 살던 이(蝨)들은 겁에 질려 베개 속으로 파고들어가 그 사람의 가족을 창피하게 만든다는 이야기를 들은 적이 있었다. 그 말에 질겁을 한 나는 머리를 빡빡 깎아버렸고, 아직까지도 애완견용 벼룩·진드기 비누로 몇 가닥 남지 않은 머리를 감는다. 그러니까 나는 일찍부터 죽음 그 자체보다는 사회적인 수치에 대한 감각을 먼저 익힌 것이다.

몇 달 전부터 나는 아흔 살 기념 칼럼은 지나간 세월을 아쉬워하는 흔해 빠진 넋두리가 아니라, 오히려 노년을 찬미하는 내용이 되리라고 예감하고 있었다. 나는 내가 늙었다는 생각을 언제 처음 하게 되었는지 스스로에게 물어보았는데, 아마도 그날이 되기 며칠 전이었던 것 같다. 마흔두 살 때 나는 숨을 쉴 수 없을 정도로 어깨가 결려서 의사를 찾아간 적이 있었다. 의사는 내 증상을 그리 대수롭지 않게 여겼다. 환자 분 나이에는 당연한 통증입니다, 라고 의사는 말했다.

"그렇다면 나에겐 내 나이가 당연하지 않은 거로군요." 하고 나는 대꾸했다.

의사는 안됐다는 미소를 지으며, 선생은 철학자 같으십니다, 라고 했다. 그때 처음으로 노년의 관점에서 내 나이를 생각해 봤지만, 얼마 지나지 않아 그런 생각은 도로 잊고 지냈다. 그리고 세월이 흐르는 동안, 매일 아침 부위와 증세를 달리 하는 각양각색의 통증을 느끼며 잠에서 깨어나는 데 익숙해졌다. 가끔씩 죽음이 덮쳐오는 듯한 느낌을 받기도 했지만, 이튿날이면 말끔히 사라지곤 했다. 그 무렵, 나는 늙음의 첫 번째 증상이 자신의 부모와 비슷해지는 것이라는 말을 들었다. 그래서 나는 내가 영원한 젊음을 선고받은 게 틀림없다고 생각했다. 왜냐하면 말같이 생긴 내 얼굴은 거친 카리브 해 사람이었던 아버지나 당당한 로마 제국 사람 같았던 어머니의 얼굴과 닮아갈 리가 절대로 없을 거라고 확신했기 때문이다. 사실 첫 번째 변화는 너무나 느리게 진행되어 거의 눈에 띄지 않는다. 때문에 마음의 눈으로 자신을 보는 우리들은 평소와 다름없는 모습을 보게 되지만, 우리 마음 밖에 있는 다른 사람들은 그 변화를 쉽게 눈치 챈다.

오십 줄에 들어섰을 때, 기억에 구멍이 뚫렸다는 사실을 처음으로 깨달으면서 나는 늙는다는 것이 무엇인지를 상상하기 시작했다. 안경을 찾아 온 집 안을 헤매다가 내가 안경을 쓰고 있음을 깨닫곤 했다. 안경을 쓴 채로 샤워를 하기도 했고, 안경을 쓴 채로 그 위에다 돋보기를 쓰기도 했다. 하루는 아침을 이미 먹었다는 걸 깜빡잊고 다시 아침을 먹기도 했다. 또 친구들이 내가 지난주에 했던 얘기를 똑같이 되풀이하고 있다는 사실을 일깨워 줄 엄두를 내지 못하고 있는 사이, 나는 그들의 암묵적인 경고를 인정하게 되었다. 당시에 나는 내가 아는 얼굴들의 목록과 각각의 이름 목록을 기억 속에 담아두고 있었다. 그런데 인사를 하는 순간, 얼굴과 이름을 일치시킬 수가 없었다.

나는 한 번도 섹스를 할 수 있는 나이의 한계에 대해 염려해 본 적이 없다. 그것은 내 능력이 나 자신이나 여자들에 의해 달라지지 않기 때문이다. 그리고 여자들은 자신이 원할 때 무엇을 원하며 왜 원하는지를 정확히 안다. 요즘 나는 이런 현상에 경악을 금치 못하며 의사와 상담을 하는 팔십 대 청년들을 보면서 빙긋이 웃는다. 그들은 아흔 줄에 들어서면 그 현상이 더욱 악화되리란 사실을 알지 못하지만, 이제는 그것도 상관없다. 그것은 살아나가기 위해 겪어야 하는 위험일 뿐이다. 한편, 노인들이 본질적이지 않은 모든 것을 잊어버린다는 사실은 생의 승리이다. 우리는 우리에게 정말로 중요한 것을 잊는 경우는 극히 드물다. 키케로는 일필로 "자기 보물을 어디에 숨겼는지 잊어버리는 노인은 없다."라고 쓰면서 이런 현상을 설명했다.

그와 더불어 이런저런 다른 생각들을 하면서, 나는 첫 번째 초고를 마쳤다. 그 순간, 공원의 아몬드 나무들 사이로 8월의 태양이 솟아올랐고, 가뭄으로 일주일 늦게 도착한 우편선이 강의 선착장으로 이어지는 수로로 들어오면서 뱃고동을 울렸다. 저기 내 아흔 살이 오는군, 하고 생각했다. 왜 그런 생각을 했는지 알게 되지도, 알려하지도 않을 테지만, 아흔 살이 된다는 생각이 머릿속을 가득 메운 순간, 나는 불쑥 로사 카바르카스에게 전화를 걸기로 마음먹었다. 자유분방한 밤으로 내 생일을 축하하게 도와달라고 부탁하고 싶었던 것이다. 수년간 나는 때 묻지 않은 평화로운 육체를 지켜오며, 고전 작품들을 내 멋대로 해석하고 나만의 고상한 음악을 듣는 데만 골몰하고 있었다. 그러나 그날은 욕망이 너무도 맹렬히 재촉하는 바람에 마치 신의 계시처럼 생각되었다. 통화를 끝낸 후, 나는 더 이상 글을 쓸 수가 없었다. 그래서 오전 중에는 햇빛이 들지 않는 서재 한구석에다 그물 침대를 걸고는, 가슴 졸이는 기다림의 고통을 억누른 채 그곳에 몸을 던지고 말았다.

어렸을 때, 나는 응석받이였다. 쉰 살에 폐결핵으로 돌아가신 어머니는 정말로 재주가 많은 분이셨다. 허튼 짓이라곤 전혀 할 줄 모르는 점잖은 신사였던 아버지는 홀아비로 살다가 잠자리에서 숨을 거뒀다. 그날은 천일전쟁과 지난 세기의 수많은 내전에 종지부를 찍은 네에를란디아 조약\*이 서명되던 날이었다. 그렇게 평화가 찾아오자, 이 도시는 그 누구도 예측하지 못했고 그 누구도 원하지 않은 변화를 겪기 시작했다. 주민들의 순박

---

\* 1902년 자유당 출신의 우리베 우리베 장군이 네에를란디아 별장에서 맺은 평화 조약. 정부에 대항하여 천일전쟁에 참가했던 200여 명의 자유당 장교들에게 보상을 약속했다. 가르시아 마르케스의 『아무도 대령에게 편지하지 않다』에는 이에 관한 내용이 상세히 묘사되고 있다.

한 성품과 티 없이 맑은 햇빛으로 누구나 소중히 여겼던 내 영혼의 도시로 자유로운 여자들이 수없이 몰려들어 안차 거리, 그러니까 한동안 아베요 거리로 불렸다가 지금은 콜론 거리가 된 그곳의 오래된 술집들을 발 디딜 틈도 없이 번창하게 만들었다.

나는 어떤 여자와 잠을 자든 돈을 주지 않은 적은 한 번도 없었다. 사랑을 직업으로 삼고 있지 않은 몇몇 여자들에게는 논리적으로 설득을 하거나, 아니면 나중에 쓰레기통에 버려도 좋으니 억지로라도 돈을 받으라고 했다. 나는 이십 대부터 상대의 나이와 이름, 장소, 그리고 사랑을 나누게 된 상황과 사랑의 스타일을 기록하기 시작했다. 오십 줄에 들어설 때까지 내가 적어도 한 번 이상 잠을 잔 여자는 총 514명이었다. 그러다가 내 몸이 더는 그렇게 많은 여자를 감당할 수 없으며 이제는 종이에 적어두지 않고도 숫자를 셀 수 있다고 말하자, 목록 작성을 그만두었다. 그래도 나에게는 나만의 원칙이 있었다. 떼로 벌이는 난장판에는 끼지 않았고, 드러내놓고 동거를 하지도 않았으며, 육체와 영혼의 모험을 발설하거나 그 비밀을 누군가와 공유하지도 않았다. 그 이유는 순정한 여자란 세상에 없다는 것을 일찌감치 깨달았기 때문이다.

　유일하게 특이했던 경우가 충직한 다미아나와 수년간 지속되었던 관계이다. 소녀티를 벗지 못한 그녀는 원주민 같은 생김새에 강하고 투박했으며, 짧고 단정적인 말투를 썼다. 그녀는 내가 글을 쓰는 동안에는 방해하지 않기 위해 맨발로 다니곤 했다. 내가 복도의 그물 침대에 누워 『원기 왕성한 안달루시아 여인』*을 읽고 있었던 순간이 떠오른다. 몹시 짧은 치마를 입은 채 세탁장에서 몸을 구부리고 있던 그녀의 풍성한 사타구니를 우연히 보게 되었다. 거역할 수 없는 열병에 사로잡힌 나는 뒤로 다가가 그녀의 치마를 걷어 올리고, 팬티스타킹을 무릎까지 내린 다음 후위로 일을 치렀다. 그녀는 음산한 신음 소리를 내면서, 어머나, 주인님, 거기는 들어오는 데가 아니라 내보내는 곳이에요, 하고 말했다. 그러고는 깊은 전율을 느꼈는지 온몸을 떨었지만 자세를 바꾸지는 않았다. 그녀에게 수치심을 주었다는 자괴감에 나는

---

\* 스페인 작가 프란시스코 델가도가 1528년에 출판한 대화체 소설. 자유로운 사랑의 철학을 설교하는 작품으로, 많은 비평가들이 비도덕적 작품으로 평가했지만, 최근 들어 재평가되고 있다.

당시 가장 비싼 여자의 화대보다 두 배쯤 더 돈을 주려고 했지만, 그녀는 한 푼도 받으려 하지 않았다. 하는 수 없이 난 그녀의 한 달 임금을 계산해 월급을 올려주어야만 했다. 그리고 그녀가 빨래를 하는 동안, 나는 항상 그녀와 뒤로 사랑을 나누었다.

어느 순간 나는 그렇게 치른 돈들이 내 방탕한 삶의 허기를 채워주는 훌륭한 끼니였다는 생각이 들었고, 그러자 불쑥 하늘에서 선물이 떨어진 것처럼 하나의 제목이 떠올랐다. 그게 바로 '내 슬픈 창녀들의 추억'이었다. 공적으로 알려진 내 삶은 큰 주목의 대상이 되지 못했다. 나는 부모를 모두 잃은 고아였고, 미래가 없는 총각이었고, 콜롬비아의 카르타헤나에서 개최되는 시 축제에서 네 번이나 결선에 오른 엉터리 기자였으며, 너무나 특이하게 못생긴 얼굴 때문에 만화가들이 즐겨 그리는 사람이었다. 내 방탕한 삶은 어머니가 열아홉 살인 내 손을 잡고 《라 파스 신문》에 데려갔던 어느 날 오후부터 시작되었다. 그날 어머니는 스페인어와 수사학 시간에 써놓았던 학교생활 일지를 《라 파스 신문》에 실어줄 수 있는지 알아보려고 나를 데려갔었다. 그리고 그 글은 신문사 주간의 희망찬 머리말과 함께 일요일자 신문에

게재되었다. 세월이 흐른 뒤, 나는 어머니가 그 글뿐만 아니라 이후에 실린 일곱 개의 글에 대해서도 게재비를 지불했다는 사실을 알게 되었지만, 그걸 창피해하기에는 이미 너무 늦어 있었다. 왜냐하면 내가 매주 쓰는 칼럼이 이미 스스로의 날개로 날아다니기 시작한 뒤였고, 게다가 나 역시 전신 편집자이자 음악 비평가라는 직함으로 활동하고 있었기 때문이다.

성적 우수상을 받고 고등학교를 졸업한 나는 세 군데 공립학교에서 스페인어와 라틴어를 가르치기 시작했다. 제대로 배우지도 못했고 아무런 소명 의식도 없었던 나는 학교에 오는 것을 부모의 독재로부터 벗어날 수 있는 가장 손쉬운 방법으로 여기는 학생들에게 일말의 동정심도 없는 엉터리 선생이었다. 그들을 위해 내가 할 수 있었던 일이란 오로지 나무 자로 학생들을 공포에 떨게 만들면서, 내가 가장 좋아하는 시 한 편을 외우도록 한 것이었다. 그것은 "파비오, 아 이 고통이여! 이제 당신은/한때 명성이 드높았던 이탈리카 고독한 들판의 서글픈 언덕을 보게 되리라."*라는 구절이었다. 늙어

---

\* 중세 시대, 세비야의 시인 로드리고 카로(1573~1647)의 「이탈리카

서야 비로소 나는 학생들이 등 뒤에서 나를 '서글픈 언덕 선생'이라는 우스꽝스러운 별명으로 부르고 있음을 우연히 알게 되었다.

이것이 내가 살아온 인생 전부였고, 그 이상의 일을 할 생각은 없었다. 나는 수업과 수업 사이 쉬는 시간에 혼자 점심을 먹었으며, 저녁 6시에 신문사 편집실에 도착해 지구 위를 날아다니는 신호를 낚았다. 그리고 밤 11시에 신문 편집이 끝나면 그때부터 내 진짜 삶이 시작되었다. 나는 차이나타운에서 일주일에 두세 번씩 파트너를 바꿔가며 잠을 잤고, 그 덕에 두 번이나 '올해의 최고 고객'으로 선정되었다. 근처의 로마 카페에서 저녁을 먹은 후, 눈에 띄는 아무 유곽이나 골라잡아 뒷문으로 몰래 들어가곤 했다. 개인적인 취향 때문에 한 행동이었지만, 그것은 결국 내 일의 일부가 되어버렸다. 왜냐하면 중요한 정치 거물들이 하룻밤의 연인에게 국가 기밀을 털어놓는 식으로 가볍게 입을 놀리면서도, 옆방에 있는 그 누구라도 얇은 판자 칸막이 너머로 엿들을 수 있다는 사실은 염두에 두지 않았기 때문이다.

---

의 유적에 바쳐」에 나오는 대목으로, 바로크 시의 대표작으로 꼽힌다.

물론 내가 독신 생활의 달랠 길 없는 욕망을 홍등가의 고아들과 밤마다 사랑을 나누는 것으로 채우고 있다고 사람들이 수군거린다는 사실도 그렇게 해서 알게 되었다. 하지만 나는 다행히도 그런 얘기를 잊을 수 있었다. 여러 가지 이유가 있지만, 사람들이 나를 좋게 말한다는 것도 알게 되었기 때문이다. 나는 소중한 것만을 높이 평가했다.

나는 훌륭한 친구를 가져본 적이 없고, 내가 가질 수 있었던 몇 안 되는 친구들은 지금 뉴욕에 있다. 그러니까 죽었다는 말이다. 나는 그곳이 고통 받는 영혼들이 가서 지난 생의 진실을 참고 견디는 일로부터 벗어나게 되는 장소일 거라고 상상한다. 퇴직한 뒤로 나는 별달리 하는 일이 없다. 기껏해야 매주 금요일 오후에 신문사에 글을 갖다 주는 것 말고는 모두 소일거리에 불과하다. 가령 예술 극장에서 열리는 연주회에 가거나, 내가 창립자 중 한 명으로 참가했던 아트 센터의 전시회에 그림을 보러가거나, 공공생활 개선 위원회가 주최하는 시민 강연에 참석하거나, 아폴로 극장에서 막을 올리는 비르히니아 파브레가스의 연극 공연 같은 큰 행사에 가는 것이 고작이다. 젊었을 때 나는 지붕이 없는 야외극장에 가곤 했는데, 그곳에서는 월식을 볼 수 있었고 또 갑자기 내린 소나기를 맞아 폐렴에 걸리기도 했다. 하지만 나는 영화보다는 극장 입장료 가격에 잠을 자주는 밤의 여자들이 더 좋았다. 그녀들은 자주 공짜로, 또는 외상으로 해주었다. 어쨌든 나는 영화란 장르를 썩 좋아하지 않는다. 그저 음탕한 마음으로 셜리 템플을 예찬하면서 영화의 가능성에 대해 한번 생각해 보았을 뿐이다.

서른 살이 되기 전까지 나는 여행이라곤 콜롬비아의 카르타헤나에서 열린 백일장에 네 번 간 것과 사크라멘토 몬티엘의 초청을 받아 산타 마르타에 있는 그의 사창가 개업식에 모터보트를 타고 갔다가 야밤에 무진 고생한 것이 전부였다. 집에서의 생활에 관해 말하자면, 나는 식성이 까다롭진 않지만 소식을 한다. 다미아나가 늙어서 집에서 요리를 해주지 않게 된 후로는 신문 편집이 끝난 뒤에 로마 카페에서 먹는 감자전이 내 유일한 규칙적인 식사가 되었다.

그래서 아흔 번째 생일을 맞던 날 저녁, 나는 점심을 먹지 않았고, 로사 카바르카스의 소식을 기다리는 데 마음을 빼앗겨 책을 읽을 수도 없었다. 매미들은 오후 2시의 열기 속에서 목이 터져라 울어댔고, 열린 창문으로 다시 햇빛이 들어와 세 번이나 그물 침대를 옮겨 걸어야 했다. 내 생일이 가까워지면 매번 그 해의 가장 더운 날이 닥친다는 느낌을 가졌던 나는 폭염을 이겨내는 방법을 익혔었다. 그러나 그날은 전혀 그럴 기분이 아니었다. 오후 4시가 되자 나는 파블로 카살스가 연주한 요한 세바스티안 바흐의 여섯 개 무반주 첼로 조곡 결정판을 들으며 그날의 열기를 식히려고 했다. 평소 나는 그것을 가장 완전한 음악이라고 여겨왔지만, 그날은 마음이 가라앉기는커녕 더욱 맥이 빠지고 말았다. 좀 흐느적거리는 듯한 제2번 조곡이 연주될 무렵 나는 꾸벅꾸벅 졸기 시작했고, 이미 떠나간 슬픈 뱃고동 소리와 첼로의 탄식이 꿈결에서 뒤섞여 버렸다. 바로 그때 전화벨 소리가 나를 깨웠고, 로사 카바르카스의 녹슨 목소리를 듣고는 다시 정신을 차려 이승으로 돌아왔다. 하여간 운은 좋으시네요, 당신이 바라던 최고의 애인을 찾아냈어요. 하지만 곤란한 점이 하나 있는데, 이제 겨우 열네 살이에요, 라고 그녀는 말했다. 나는 그녀가 왜 그런 말을 했는지 정확히 이해하지도 못한 채, 기저귀를 갈아줘야 한대도 상관없소, 라고 농담을 했다. 댁이 곤란해질 거라는 뜻이 아네요. 누가 나 대신 삼 년을 감옥에서 썩을 거냐는 거죠, 하고 그녀가 말했다.

그러나 감옥에는 아무도 가지 않을 터였고, 누구보다도 그녀라면 더더욱 그럴 리는 없었다. 그녀는 자기 가게로 장을 보러 온 미성년자 중에 쓸 만한 계집애들을 거두어들여, 기초적인 몇 가지를 가르친 다음 퇴물 창녀가 되어 네그라 에우페미아의 유서 깊은 사창가*에서 밑바닥 인생을 마감할 때까지 남김없이 짜내곤 했다. 그녀는 벌금 한 번 낸 적이 없었다. 왜냐하면 그녀의 안마당이 주지사부터 시청의 교활한 말단 직원에 이르기까지 지방 관리들의 무릉도원이었기 때문이다. 그래서 로사 카바르카스가 마음만 먹으면 법을 위반하는 것쯤은 대수롭지 않으리라는 걸 능히 짐작할 수 있었다. 마지막 순간에 그녀가 불안감을 표시한 건 자신이 베푼 호의만큼 최대한 이익을 보겠다는 속셈이 틀림없었다. 그러니까 처벌받을 가능성이 높아질수록 가격도 올라간다는 것을 은근히 강조하려는 것이었다. 우리의 흥정은 봉사

---

\* 1950년대에 콜롬비아의 바랑키야에 있었던 가장 유명한 사창가로, 가르시아 마르케스가 속했던 '동굴 그룹'이 자주 찾았던 곳이다. 네그라 에우페미아는 1956년 11월 6일 세상을 떴다.

료에 2페소를 더 얹어주는 것으로 해결되었고, 나는 밤 10시에 그녀의 집에서 5페소를 현금으로 선불 지급하는 데 합의했다. 다른 조건으로는 단 1분도 일찍 도착해선 안 된다는 것이었다. 그 소녀가 동생들에게 저녁을 먹이고 잠을 재운 다음, 류머티즘으로 손발을 쓰지 못하는 자기 어머니까지 재워야 했기 때문이다.

  네 시간을 더 기다려야 했다. 시간이 지날수록 심장 속으로 시큼한 거품이 차올라와 숨도 제대로 쉬어지지 않았다. 나는 이 옷 저 옷 갈아입어 보면서 시간을 보내려고 했지만 부질없는 짓이었다. 다미아나조차 내가 의례를 집전하는 주교처럼 옷을 입는다고 할 정도였으니, 새 옷이 한 벌도 없는 게 당연했다. 나는 면도칼로 면도를 했고, 햇빛 때문에 달궈진 수도관의 물이 시원해질 때까지 기다렸다가 샤워를 해야 했다. 하지만 수건으로 물기를 닦는 아주 단순한 동작만으로도 온몸이 도로 땀에 젖었다. 나는 밤에 행운을 가져다주는 비법에 따라 옷을 입었다. 그러니까 하얀 리넨 양복에, 풀을 먹여 깃을 빳빳하게 만든 파란 줄무늬 셔츠를 입고, 중국산 실크 넥타이를 매고, 하얗게 염색을 해서 다시 새것처럼 보이는 반장화를 신는 것이다. 단춧구멍에는 금관 모양으로 생긴 회중시계의 줄을 걸었다. 그리고 마지막으로 내 키가 한 뼘쯤 줄어든 것을 남들이 눈치 채지 못하도록, 바지 밑단을 안쪽으로 접어 넣었다.

나는 구두쇠로 악명이 높았다. 내가 집에서 얼마나 가난하게 사는지는 아무도 상상하지 못했기 때문이다. 솔직히 그날 같은 밤은 내 수입에는 걸맞지 않은 것이었다. 침대 밑에다 옮겨놓은 저금통에서 나는 방 임대료 2페소와 여주인에게 지불할 4페소, 여자 아이 몫으로 3페소, 그리고 저녁 식사비와 기타 잡비로 쓸 5페소를 꺼냈다. 그러니까 매주 일요 칼럼을 쓰고 신문사에서 한 달에 받는 돈 14페소를 꺼낸 것이다. 나는 돈을 허리춤에 있는 비밀 주머니에 숨기고, 랜먼 앤드 켐프 바클리 사의 콜로뉴 향수를 뿌렸다. 그러자 갑자기 공포감이 엄습했다. 나는 8시를 알리는 시계 종소리를 듣자마자 어둠 속에서 계단을 손으로 더듬어 내려가면서, 두려움에 사로잡혀 식은땀을 흘렸다. 그리고 마침내 내 생일날 밤의 환한 보름달 빛 속으로 나갈 수 있었다.

날씨는 선선해져 있었다. 콜론 거리의 보도 한가운데를 차지하고 늘어서 있는 택시들 속에서 사내들이 무리를 지어.모여 서서는 목청을 높여 축구에 관해 떠들고 있었다. 꽃을 활짝 피운 마타라톤* 가로수 밑에서는 관악대가 맥 빠진 왈츠를 연주했다. 공증인의 거리에서 근엄하게 차려입은 손님들을 향해 호객을 하던 불쌍한 어린 창녀 하나가 늘 그러듯이 담배를 달라고 했고, 나는 늘 그러듯이 33년 2개월 17일 전에 끊었어, 라고 대답했다. 수입품 상점인 '황금 철사' 앞을 지나다가 나는 화려한 조명을 뽐내고 있는 진열창에 비친 내 모습을 쳐다보았다. 그리고 내가 스스로 생각하는 것처럼 보이지 않고, 훨씬 더 늙고 형편없는 차림을 하고 있음을 깨달았다.

10시가 되기 조금 전에 나는 택시를 잡아타고 기사에게 만인 공동묘지로 가자고 했다. 그렇게 해야 나의 실제 행선지가 어딘지를 아무도 모르게 할 수 있었다. 그러자 운전사는 흥미진진하다는 듯 백미러로 나를 건너다보며 말했다. 어르신께서 저를 너무 놀라게 하시는구먼요. 저도 어르신처럼 활력 있게 살아보고 싶습니다. 나는 묘지 앞에서 내렸다. 기사가 잔돈을 갖고 있지 않

---

* 라틴 아메리카에서만 서식하는 나무로 빨간 까치밥나무와 비슷하게 생겼으며, 이 나무의 열매는 쥐를 쫓는 데 유용하다고 한다.

아서 새벽까지 술꾼들이 저세상 사람들을 위해 울어주는 싸구려 술집 '무덤'에서 돈을 바꿔야만 했다. 계산이 끝나자 운전사는 진지한 표정으로 말했다. 조심하세요. 로사 카바르카스의 집도 이젠 다 옛날이야기가 되어버렸으니까요. 나는 세상 모든 사람들과 마찬가지로 콜론 거리의 운전사들에게도 비밀이란 없다는 것을 깨달으면서, 고맙다고 말하는 수밖에 없었다.

가난한 사람들이 사는 동네로 들어갔다. 그곳은 내가 한창때 드나들던 곳과는 전혀 다르게 보였다. 뜨겁게 달궈진 모래가 깔린 널찍한 도로, 문마다 활짝 열어젖힌 집들, 다듬지 않은 나무 판자로 세운 벽, 야자수 잎으로 덮은 지붕, 자갈을 깐 마당은 예전과 다름없었다. 그러나 그곳 주민들은 평화로운 정취를 잃은 지 오래였다. 대부분의 집들에서 금요일을 즐기려는 시끌벅적한 파티가 벌어져, 북소리가 창자 속까지 울려오고 있었다. 누구든지 50센타보만 내면 제일 마음에 드는 파티에 들어갈 수 있었다. 하지만 그냥 입구에 서서 손님 자격으로 춤을 추어도 상관없었다. 샌님처럼 차려입은 옷 속에서 나는 땅이 나를 삼켜버릴지도 모른다고 생각하며 초조한 발걸음을 옮겨놓고 있었지만, 누구 한 사람 나에게 눈길을 주지 않았다. 다만 어느 집 대문 앞에 앉아 졸고 있던 지저분한 흑인이 나를 보고는 진심 어린 목소리로 이렇게 소리쳤을 뿐이다.

"잘 가시오, 선생! 가서 행복한 사랑을 나누시구려!"

그에게 고맙다는 말 이외에 다른 무엇을 할 수 있었을까? 나는 세 번이나 걸음을 멈추고 숨을 고른 후에야 비로소 언덕길의 마지막 블록에 다다를 수 있었다. 그리고 그곳에서 수평선 너머로 솟아 있던 구릿빛의 커다란 달을 보았고, 갑자기 배가 아파져서 내 운명이 어떻게 될지 두려웠지만, 다행히 복통은 사라졌다. 거리 끝에 이르자 과실수가 울창하게 자란 숲이 나타났다. 나는 그곳에 있는 로사 카바르카스네 가게 안으로 들어갔다.

그녀는 예전과는 사뭇 달라 보였다. 가장 빈틈없는 포주였고, 그래서 가장 유명했던 그녀를 우리는 소방대장이라고 추켜세우곤 했다. 그녀의 체구가 엄청나서이기도 했지만, 고객들의 걷잡을 수 없는 불길을 잡아주는 데 탁월한 능력을 발휘했기 때문이다. 하지만 이제 그녀는 고독 때문에 몸집이 줄어들었고, 피부는 쭈글쭈글했으며, 수많은 재주를 갖고 있던 목소리는 들척지근해져서 마치 겉늙은 여자애의 목소리 같았다. 예전의 완벽했던 치아는 애교를 부리려고 금을 씌웠던 이 하나만 멀쩡했다. 그녀는 함께 살다가 쉰 살에 죽은 남편을 위해 상복을 입고 있었다. 게다가 그녀가 훗배앓이를 할 때마다 보살펴주었던 외아들의 죽음을 추모하기 위해 걸어둔 검은색 사각모자는 음산한 분위기를 더했다. 투명하고 잔인한 그녀의 눈만은 생기를 잃지 않고 있었는데, 그걸 보고 나는 그녀의 기질이 변하지 않았음을 알았다.

가게 천장에 홀쭉한 전등 하나가 덩그러니 매달려 있을 뿐, 진열장에는 팔 만한 물건들이 거의 없었다. 심지어는 누구나 알지만 아무도 가게라고 인정하지는 않는 칸막이 노점만도 못했다. 내가 까치발을 하고 살며시 안으로 들어갔을 때 로사 카바르카스는 손님 한 명을 내보내고 있었다. 그녀가 정말로 나를 알아보지 못한 건지, 아니면 예의상 일부러 모른 척한 건지 나로선 알 수 없다. 나는 그녀가 손님을 배웅하는 동안 대기 의자에 앉아, 그곳이 과거에 어떤 모습이었는지를 기억 속에서 재구성하려고 노력했다. 그리고 다시 단둘이 되자 그녀는 내가 겁을 집어먹지 않도록 해주었다. 아마도 그녀는 내 마음을 읽었던 것 같다. 왜냐하면 나를 돌아보더니 섬뜩할 정도로 매서운 눈초리로 꼼꼼히 훑어보았기 때문이다. 세월이 당신은 비껴간 모양이네요, 하고 그녀는 처량하게 한숨을 내쉬며 말했다. 나는 그녀에게 아첨을 하고 싶었고 그래서, 세월이 당신은 거쳐 간 듯 보이는구려, 그런데 그게 당신에겐 약이 된 모양이오, 라고 했다. 그러자 그녀는, 정말이지 죽은 말에서 부활한 것 같은 얼굴이네요, 하고 응수했다. 그건 여물통을 바꾼 덕분일 거요, 라고 나는 장난삼아 대꾸했다. 그러자 그녀는 기운을 차리고는, 내가 기억하는 당신은 '노 젓는 죄수'처럼 빗장을 걸어 잠그고 있었는데, 그래 요즘은 어떠세요? 하고 물었다. 나는 교묘하게 그 질문을 피해 가면서, 우리가 못 만난 뒤로 달라진 게 딱 하나 있는데, 가끔씩 엉덩이가 후끈거린다는 거요, 라고 했다. 그러자 그녀는 대번에 사용 부족이라는 진단을 내렸다. 신께서 그걸 만드신 목적대로만 지니고 있었을 뿐이오, 라고 나는 말했다. 그러나 오래전부터 보름달이 뜰 때마다 몸이 달아오른 건 사실이었다. 로사는 반짇고리를 뒤적거려서 아르니카 연고 냄새를 풍기는 조그만 초록색 향유병을 꺼내 뚜껑을 열었다. 그러고는 집게손가락을 움직여 보이며, 계집애에게 이렇게 손가락으로 발라달라고 하시구려, 하고 능글맞게 말했다. 하느님 덕택에 다행히 과히라의 약을 바르지 않아도 나 자신을 지킬 수 있다고 나는 대답했다. 그러자 그녀는, 아이고 선생님, 어련 하시겠습니까, 하고 비꼬더니 곧장 본론으로 들어갔다.

계집애는 10시부터 방에 와 있어요, 라고 그녀가 말했다. 소녀는 아름답고 깨끗하며 품위가 있었지만, 잔뜩 겁을 먹은 상태였다. 소녀의 친구 하나가 가이라 휴양지의 노동자와 도망쳤다가 채 두 시간을 넘기지 못하고 피를 보았기 때문이다. 가이라 사람들이라면 노새도 노래하게 만들 수 있다고 명성이 자자하니 그럴 법하지요, 라고 로사 카바르카스는 덤덤하게 받아들이는 투로 말했다. 그러고는 다시 여자 아이 이야기로 돌아갔다. 불쌍한 애예요. 낮에는 온종일 공장에서 단추를 달아야 하지요. 내 생각엔 그게 퍽 힘든 일은 아닌 것 같은데, 라고 내가 말하자, 남자들이야 그렇게 생각하겠지만, 그건 돌을 쪼는 일보다 더 힘들다고요, 하고 그녀는 반박했다. 그러더니 소녀에게 쥐오줌풀과 브롬을 섞어 만든 음료수를 먹였고, 그래서 지금은 잠들어 있다고 사실대로 털어놓았다. 나는 그게 동정심을 불러일으켜 가격을 올리려는 술책이 아닐까 염려했다. 그러자 그녀는 아니라고, 한번 내뱉은 말은 반드시 지킨다고 했다. 그녀에게는 확고한 원칙이 있었는데, 각각의 물건 값은 별도로 지불해야 하며, 그것도 현금을 선불로 줘야 한다는 것이었다. 그리고 이번에도 예외는 아니었다.

그녀를 따라 마당을 가로질러 가면서 나는 그녀의 시들어버린 피부에 가슴이 아팠다. 초등학생용 타이츠를 신고 퉁퉁 부은 다리로 뒤뚱뒤뚱 걷는 모습은 볼품없었다. 보름달은 하늘 한가운데로 떠올랐고, 세상은 마치 푸른 물속에 잠긴 것 같았다. 가게에서 가까운 곳에 공공 기관이 떠들썩한 축제를 벌일 수 있도록 야자수 지붕을 얹은 집이 한 채 있었다. 실내에는 여러 개의 가죽 의자가 놓여 있고, 기둥에는 그물 침대들이 걸려 있었다. 과일나무 숲이 시작되는 안마당에는 회반죽을 바르지 않은 흙벽돌로 만든 객실 여섯 개가 나란히 늘어서 있었고, 방의 창문마다 모기장이 달려 있었다. 유일하게 손님이 들어 있는 방에서는 희미한 불빛이 새어 나오고 있었고, 라디오에서는 토냐 라 네그라*가 잔인한

---

* 멕시코의 가수로 쿠바의 카스트로는 그를 멕시코가 낳은 최고의 가수라고 칭송했다.

사랑에 관한 노래를 부르고 있었다. 로사 카바르카스는 젠체하면서 볼레로는 인생 그 자체죠, 하고 말했다. 나도 그렇게 생각하고는 있었지만, 이전까지는 그렇게 말할 엄두를 내지 못했었다. 그녀는 방문을 열고는 곧장 안으로 들어가더니, 잠시 후에 나와서 말했다. 계속 자고 있군요. 계집애는 그냥 자게 둔 채로 당신의 육체가 원하는 것들을 가라앉히는 편이 좋을 것 같아요. 당신의 밤은 저 아이의 밤보다 훨씬 길 테니까요, 라고 그녀는 덧붙였다. 나는 혼란스러운 나머지, 내가 어떻게 해야 하오? 라고 물었다. 당신이 더 잘 알겠지요, 그 문제에 대해서라면 당신은 현자시잖아요, 라고 그녀는 그런 장소에 걸맞지 않게 온화한 말투로 대답했다. 그러고는 뒤를 돌아서 나 혼자 그런 공포와 마주치게 놔두고 그곳을 떠났다.

  도망칠 핑계는 없었다. 나는 허탈한 마음으로 방 안으로 들어섰다. 대여해 주는 커다란 침대 위에는 여자 아이가 벌거벗은 채 잠들어 있었다. 소녀는 그녀의 어머니가 그녀를 낳았을 때의 모습 그대로 실오라기 하나 걸치지 않은 상태였다. 얼굴은 문 쪽을 향하고 있었고, 몸은 반쯤 돌리고 있었다. 천장의 환한 불빛이 그녀의 온

몸을 구석구석 비추고 있었다. 나는 모든 감각이 마비된 것처럼 침대 모서리에 앉아 그녀를 우두커니 바라보았다. 열대 지방 출신임을 드러내듯이 피부는 까무잡잡하고 따스했다. 그녀는 깨끗하게 씻기고 아름답게 꾸며져 있었다. 음부에 돋아나기 시작한 털도 예외는 아니었다. 머리카락은 곱슬곱슬하게 단장되어 있었고, 손톱과 발톱에는 투명한 매니큐어를 칠해 천연의 색을 그대로 드러내고 있었다. 하지만 당밀 빛깔 피부는 거칠었고 아무렇게나 다룬 듯 보였다. 막 솟아오르기 시작한 가슴은 아직 사내아이의 것처럼 밋밋했지만, 터지기 일보 직전의 은밀한 힘이 숨겨져 있는 듯했다. 그녀의 육체에서 가장 훌륭한 부분은 손가락만큼이나 길고 감각적인 발가락을 가진, 비밀스럽게 걸어 다닐 수 있는 커다란 발이었다. 선풍기가 돌아가고 있었지만, 그녀는 푸르스름한 형광등 불빛 아래서 땀으로 범벅이 되어 있었다. 밤이 깊어가면서 무더위는 더욱 기승을 부렸다. 그녀의 얼굴은 커다란 브러시로 덕지덕지 칠해져서 실제로 어떻게 생겼는지를 상상하기 힘들 정도였다. 곱게 빻은 쌀겨를 두껍게 바른 양 볼에는 볼연지가 칠해져 있고, 가짜 속눈썹과 눈썹과 눈꺼풀은 검댕이 묻은 듯 시커멓고, 입술은 초콜릿 색으로 칠해져서 더욱 커 보였다. 그러나 어떠한 의상이나 화장으로도 그녀의 성격을 숨길 수는 없었다. 콧대는 높고, 눈썹은 도드라지고, 입술은 강렬했다. 나는 그녀가 유순한 투우 같다고 생각했다.

 11시에 나는 화장실에 들어가 일상적인 용무를 보았다. 그곳에는 가난한 소녀의 옷이 부유한 여인의 정성스러운 손길이 닿은 듯 의자 위에 가지런히 개어져 있었다. 투박한 면 원피스에는 나비 무늬가 찍혀 있었고, 팬티는 노란색이었으며, 샌들의 끈은 용설란 줄기로 만들어져 있었다. 옷 위에는 싸구려 팔찌와 성모 메달이 달린 가느다란 목걸이가 놓여 있었다. 세면대 위쪽 선반에는 손가방이 있었는데, 그 안에는 립스틱과 볼연지, 열쇠 하나와 동전 몇 개가 흩어져 있었다. 하나같이 싸구려였고 너무 오래 쓴 탓에 헐어빠진 것이었다. 나는 그녀만큼 가난한 사람을 한 명도 떠올릴 수 없었다.

 나는 옷을 벗고 다림질된 실크 셔츠와 리넨 저고리에 주름이 생기지 않도록 최대한 조심스럽게 옷걸이에 걸었다. 그리고 변기에 오줌을 누었다. 나의 어머니 플로리나 데 디오스가 어렸을 적부터 일러준 대로, 변기 모서리가 젖지 않도록 앉아서 누었다. 겸손하지는 못한 말이지만, 아직도 내 오줌 줄기는 젊은 야생마처럼 대번에 힘차게 뻗어 나온다. 화장실에서 나오기 직전, 나는 세면대 앞에 있는 거울을 보았다. 거울 맞은편에서 나를 바라보는 말을 닮은 신사는 죽은 자의 모습이 아니라 침울한 상태였고, 턱살은 교황처럼 축 늘어졌으며, 눈꺼풀은 부어 있고, 음악가의 갈기와 같던 머리카락은 힘이 빠져 있었다.

나는 거울 속의 남자에게 말했다. "빌어먹을! 네가 원하지 않는데, 내가 뭘 할 수 있겠어?"

나는 소녀를 깨우지 않으려고 노력하면서, 벌거벗은 채로 어느새 붉은 불빛의 속임수에 적응된 눈으로 침대에 앉았다. 그리고 그녀를 찬찬히 살펴보았다. 집게손가락으로 땀에 젖은 그녀의 목덜미를 살며시 더듬자, 그것은 마치 하프의 화음처럼 안에서 진동하면서 떨었다. 그러더니 신음 소리를 내며 내 쪽으로 몸을 돌렸고, 찌무룩한 숨기운으로 나를 휘감았다. 내가 엄지손가락과 집게손가락으로 코를 지그시 잡자, 그녀는 몸을 떨더니 내 손에서 머리를 빼냈다. 그러고는 잠결에 내게서 등을 돌렸다. 예기치 못한 유혹에 휩싸인 나는 무릎으로 그녀의 다리를 벌리려고 했다. 처음 두어 번은 그녀가 허벅지에 힘을 주며 나를 저지했다. 그래서 나는 그녀의 귓가에 '천사들은 델가디나의 침대를 둘러싸고 있었네.'\*라는 노래를 불러주었다. 그러자 약간 긴장을 풀었다. 뜨거운 피가 핏줄을 타고 올라왔고, 오래전에 퇴직했던 나의 굼뜬 동물이 기나긴 잠에서 깨어났다.

델가디나, 내 영혼이여, 하고 나는 간절하게 애원했다. 델가디나. 그녀는 을씨년스러운 신음 소리를 토해내더니, 내 허벅지에서 빠져나가며 등을 돌렸다. 그러고는 껍데기 속으로 몸을 숨기는 달팽이처럼, 몸을 비틀어 동글게 말아버렸다. 쥐오줌풀 물약이 나뿐만 아니라 그녀에게도 아주 효과적이었던 것이 틀림없었다. 왜냐하면 그녀나 그 누구에게도 아무 일도 일어나지 않았기 때문이다. 그러나 난 신경 쓰지 않았다. 모욕을 당한 듯 슬퍼 보이고, 흑도미처럼 차가운 그녀를 깨운들 무슨 소용이 있겠느냐고 스스로에게 반문했다.

그때 자정을 알리는 거역할 수 없는 종소리가 선명하게 울려왔고, 성 세례 요한의 수난 축일인 8월 29일 새

---

\* 왕과 공주의 근친상간을 주제로 한 민요로 스페인과 라틴 아메리카에 널리 알려져 있다.

벽이 시작되었다. 누군가가 거리에서 큰 소리로 울고 있었지만, 아무도 그에게 관심을 보이지 않았다. 나는 그가 필요로 하는 무언가를 그에게 주십사 기도드렸고, 또 내가 받은 은총에 감사하기 위해 기도했다. "스스로를 속이는 자는 아무도 없소./ 당신의 기다림이/ 당신이 보았던 시간보다/ 더 오래 지속되리란 것을 생각하오."* 소녀는 꿈속에서 신음을 했고, 나는 그녀를 위해서도 시의 그다음 구절을 인용해 "모든 것이 그렇게 흘러갈 것이기에."라고 기도했다. 그런 다음 라디오와 등불을 껐다.

나는 내가 어디에 와 있는지도 잊은 채, 새벽녘에 잠을 깼다. 소녀는 내게 등을 돌리고 태아 같은 자세로 잠들어 있었다. 나는 그녀가 어둠 속에서 깨어났었고, 화장실에서 물 내리는 소리를 들었다는 막연한 느낌을 갖고 있었지만, 그냥 꿈이었을 수도 있다. 하지만 나에게 그것은 새로운 일이었다. 난 유혹의 술책을 무시하고 있었다. 언제나 매력보다는 가격에 따라 하룻밤의 애인을 마구잡이로 선택해 왔고, 대개의 경우 옷도 반쯤만 벗고

---

* 15세기 스페인의 시인 호르헤 만리케(1440~1479)의 시구.

사랑을 느끼지도 못한 채 사랑을 했었다. 환상을 최고조로 높이기 위해 늘 어둠 속에서 일을 치르곤 했다. 그런데 그날 밤 나는 욕망에 쫓기거나 부끄러움에 방해받지 않고 잠든 여자의 몸을 응시하는 것이 그 무엇과도 비할 바 없는 쾌락이라는 사실을 알았다.

나는 불안한 마음으로 새벽 5시에 일어났다. 일요일에 실릴 기사가 12시 전까지는 편집 데스크에 올려져 있어야만 했다. 여전히 보름달의 열기를 느끼며 평소와 마찬가지로 제시간에 똥을 누었고, 화장실의 물을 내리며 과거의 원한들이 하수구로 모두 떠내려갔음을 알았다. 옷을 입고 상쾌한 기분으로 방으로 돌아왔을 때도, 소녀는 화해의 새벽빛을 받으며 드러누워 자고 있었다. 침대 위에 가로누운 채, 처녀성의 절대적인 주인이 되어 십자가에 못 박히듯 팔을 활짝 벌리고 있었다. 신의 가호가 있기를……. 나는 중얼거렸다. 그리고 수중에 남은 돈 전부, 그러니까 그녀에게 줄 돈과 내 돈을 모두 베개에 놓은 다음, 소녀의 이마에 키스를 하고 영원한 작별을 고했다. 다른 모든 새벽녘의 사창가와 마찬가지로 그곳은 천국에 가장 가까이 있는 집이었다. 나는 아무와도 마주치지 않도록 채소밭을 향해 나 있는 문으로 해서

밖으로 나갔다. 거리의 뜨거운 태양 아래서, 나는 아흔 살이란 나이의 무게를 느끼며 죽기 전까지 나에게 남은 밤의 시간을 하나하나 헤아리기 시작했다.

## 2

나는 서재에서 이 회고록을 쓰고 있다. 아버지가 쓰시던 이 서재에는 이제 남아 있는 것도 거의 없고, 선반은 오랜 세월에 걸쳐 끈질기게 좀먹은 탓에 무너지기 일보 직전이다. 어쨌거나 이 세상에서 내게 남겨진 일을 하기 위해서는 온갖 종류의 사전과, 베니토 페레스 갈도스의 『국가 이야기』*와, 폐결핵으로 변질되고 만 어머니의

---

\* 1873년부터 1912년까지 40여 년간 집필한 스페인의 역사 소설로 총 46권으로 이루어져 있다. 1807년부터 부르봉 왕조의 재건에 이르는 19세기를 다루고 있다.

유머를 이해하는 법을 가르쳐주었던 토마스 만의 『마의 산』이 고작이다.

다른 가구들이나 나 자신과는 달리, 내가 글을 쓸 때 사용하는 책상은 시간의 흐름에도 불구하고 최상의 컨디션을 유지하고 있다. 배를 짓는 목수였던 할아버지가 아주 질 좋은 나무로 만들었기 때문이다. 글을 쓸 일이 없을 때에도, 수많은 사랑이 나를 스쳐 지나가도록 내버려 두었던 그 여유로운 마음가짐으로 매일 아침 책상을 정리한다. 손이 닿는 거리에는 나의 공범자인 책들이 있다. 1903년에 스페인 왕립 학술원에서 발행한 『최초의 도해 사전』, 세바스티안 데 코바루비아스의 『스페인어의 보물들』, 의미에 의문이 생길 때 반드시 참고해야 하는 안드레스 베요의 문법책, 특히 동의어나 반의어 찾아보기에 유용한 훌리오 카사레스의 『관념학 사전』, 내가 요람에서부터 배운 어머니의 모국어를 자랑하는 데 필요한 니콜라 칭가렐리의 『이탈리아어 어휘』, 그리고 라틴어 사전이다. 라틴어는 두 언어의 어머니이기 때문에 또한 나의 모국어이기도 하다.

책상 왼쪽에는 일요 칼럼을 쓰는 데 필요한 백지 다섯 장과 하얀 가루를 담은 뿔 모양의 병을 항상 비치해

놓고 있다. 나는 흡습지로 만든 현대식 패드보다는 이 하얀 잉크 흡수용 가루를 선호한다. 오른쪽에는 잉크병과 황금 펜촉이 달린 가볍고 단단한 나무로 만든 펜대가 있다. 나는 아직도 나의 어머니 플로리나 데 디오스가 가르쳐주었던 낭만적인 서체로 글을 쓴다. 어머니는 죽을 때까지 내가 공증인이자 회계사였던 당신 남편의 공문서용 서체를 쓰지 못하도록 하셨다. 신문사에 자동 식자기가 도입되면서, 기사의 분량을 보다 정확하게 측정하기 위해 타자기로 글을 쓰라는 지시가 일찌감치 하달되었지만, 나는 그런 나쁜 습관에는 절대로 물들지 않았다. 나는 줄곧 손으로 글을 썼으며, 최고참이라는 달갑지 않은 특권을 활용해 독수리 타법으로 열심히 타자기로 옮겼다. 퇴임했지만 퇴직은 하지 않은 지금, 나는 아무에게도 방해받지 않기 위해 수화기를 내려놓은 채 집에서 글을 쓰는 성스러운 특권을 누린다. 물론 내가 쓰는 글을 어깨 너머로 훔쳐보면서 감시하는 검열관을 신경 쓸 필요도 없다.

나는 개도 없고 새도 없이, 충직한 다미아나 말고는 집안일을 거들어주는 사람도 없이 산다. 예기치 않은 다급한 욕망을 채워주었던 그녀는 콧대가 세고 눈치도 없었지만, 아직도 일주일에 한 번씩 집에 와서 자기가 할 일이 있는지 살펴본다. 어머니는 숨을 거두면서 나에게 젊을 때 백인 여자와 결혼해 적어도 아이 셋을 두라고 당부하셨다. 또한 딸아이에게는 증조할머니 때부터 물려내려 온 자신의 이름을 붙이라는 말씀도 덧붙이셨다. 나는 어머니의 간청을 마음에 새기고는 있었지만, 젊음에 대해 너무나 여유만만하게 생각했기 때문에 결혼은 언제 해도 절대로 늦지 않을 거라고 믿었다. 그 믿음은 내가 프라도마르\*에 사는 팔로마레스 데 카스트로의 집에서 방을 착각하고 들어갔다가 당황했던 어느 뜨거운 정오까지 계속되었다. 나는 그 집의 막내딸인 히메나 오르티스가 부모님의 침실 옆방에서 벌거벗은 채 낮잠을 자고 있는 걸 보게 되었다. 문을 향해 등을 돌린 채 누워 있던 그녀가 고개를 돌려 나를 보고는 너무나 재빨리 몸을 움직였기 때문에, 나는 도망칠 시간도 없었다. 미안해요, 하고 진심에서 우러나온 말을 가까스로 내뱉을 수 있었을 뿐이다. 그러자 그녀는 미소를 짓고는, 영양처럼 몸을 움츠리며 내 쪽으로 몸을 돌렸다. 그러고는

---

\* 콜롬비아의 바랑키야에 있는 해변.

자신의 온몸을 보여주었다. 집 안이 온통 그녀의 은밀함으로 가득 차 있는 것 같았다. 정확히 말해서 그녀는 완전히 나체는 아니었다. 마네의 「올랭피아」처럼 귀에는 독이 있는 오렌지색 꽃을 꽂고 오른쪽 팔에는 금팔찌를 끼고 있었으며, 목에는 조그만 진주 목걸이를 걸고 있었으니까. 나는 남은 생애 동안 그보다 더 충격적인 장면은 꿈에서도 보지 못할 거라고 생각했었는데 오늘에야 비로소 내 생각이 옳았다는 것을 증명할 수 있다.

내 어눌한 행동에 낯이 뜨거워진 나는 방문을 쾅 닫아버리고는 그녀를 잊기로 작정했다. 하지만 히메나 오르티스는 내 결심이 오래가지 못하게 했다. 그녀는 친구들을 통해 나에게 도발적이고 잔인한 협박 편지를 보내왔다. 그러는 사이 서로 한마디 말도 제대로 나누지 않았건만 우리가 미친 듯이 사랑하고 있다는 소문이 퍼졌다. 그녀를 거부하는 것은 불가능했다. 그녀는 들고양이 같은 눈동자를 가졌고, 옷을 입고 있든 벗고 있든 너무나 도발적이었으며, 숱 많은 머리카락은 화려한 금색이었다. 그녀의 여성적인 열기에 나는 수도 없이 베개에 얼굴을 파묻고서 분을 이기지 못해 울었다. 나는 그녀가 결코 내 사랑이 되지는 않으리는 것을 알고 있었지만,

악마적인 유혹에 시달리느라 끔찍한 고통을 느꼈고, 그래서 거리에서 만난 수많은 파란 눈동자의 여자들을 통해 그 아픔을 달래려고 했다. 그토록 노력했건만 프라도 마르의 침대에서 목격한 장면이 불러일으킨 불길은 끝끝내 진화시킬 수 없었고, 마침내 무기를 버리고 항복하면서, 정식으로 청혼을 하고 말았다. 그리고 반지를 교환하면서 성령 강림 대축일이 되기 전에 성대히 결혼식을 올리겠다는 내용의 청첩장을 돌렸다.

그 소식은 사교 클럽들보다 차이나타운에 더 큰 충격으로 전해졌다. 처음에는 다들 코웃음을 쳤지만, 한가락씩 하는 그곳 여자들은 이내 반감을 드러내면서 그 결혼을 성스럽다기보다는 우스꽝스러운 것으로 만들어버렸다. 그사이 나의 연애는 양치식물들이 덩굴을 드리우고 아마존의 야생 난초가 자라는 약혼자의 테라스에서 기독교인의 도덕이 요구하는 모든 의례적인 절차에 따라 진행되고 있었다. 나는 하얀 리넨 양복을 차려입고 수공예 유리구슬이나 스위스산 초콜릿 따위의 선물을 들고 저녁 7시에 그곳에 도착했다. 우리는 반쯤은 우리만의 암호를 쓰며 장난스럽게, 또 반쯤은 진지하게 밤 10시까지 이야기를 나누었다. 물론 그녀의 숙모인 아르

헤니다의 감시 아래 이루어진 연애였지만, 그 숙모는 당시 소설 속에 흔히 등장했던 감시자처럼 금세 잠들어버리곤 했다.

우리가 서로를 잘 알게 될수록 히메나는 더욱 탐욕스럽게 변했다. 6월의 무더위가 기승을 부리자 그녀는 브래지어와 속치마를 벗어던지려 했고, 그래서 어둠 속에서 그녀가 보여줄 파괴력이 얼마나 강력할지는 쉽게 상상할 수 있었다. 그렇게 두 달의 연애 기간이 끝나자 우리는 더 이상 할 말이 없었다. 그랬더니 그녀는 갓난아기가 신을 털양말을 짜면서 아이들 이야기를 하자고 암묵적으로 제의했다. 점잖고 예의바른 애인이었던 나는 그녀와 함께 뜨개질을 배웠고, 그렇게 우리는 결혼식 날까지 남은 하릴없는 시간을 보냈다. 나는 사내아이가 신을 파란 양말을, 그녀는 계집아이가 신을 빨간 양말을 짜면서 누가 정확히 알아맞히는지 내기를 하자고 했다. 그렇게 해서 우리는 오십 명이 넘는 아이들이 신어도 충분할 만큼의 양말을 짜게 되었다. 그리고 10시를 알리는 종소리가 들리기 전에 나는 마차에 올라 하느님의 평화 속에서 나의 밤을 보내기 위해 차이나타운으로 향하곤 했다.

차이나타운에서 베풀어주었던 격렬한 총각 파티는 사교 클럽의 억압적인 분위기와는 정반대였다. 그리고 이러한 대조를 통해 나는 두 세계 중에서 어느 쪽이 정말로 나에게 도움이 되는 세계인지 알게 되었다. 나는 그 둘이 모두 나의 세계가 될 수 있으며, 시간대에 따라 각각의 세계를 즐길 수 있을 거라는 환상을 품었었다. 넓은 바다 위에서 가슴이 찢어지는 듯한 한숨을 토하며 헤어지는 두 척의 배처럼, 두 세계 중 한쪽은 다른 쪽과는 멀어질 수밖에 없었기 때문이다. '하느님의 권능'이라는 동네에서 벌어진 결혼 전야 무도회는 색욕에 좌초해 버린 갈리시아의 사제만이 떠올릴 수 있는 마지막 의식이 포함되어 있었다. 갈리시아의 사제는 보편성사가 진행되는 동안 여성 참가자들 모두가 나와 결혼하도록 베일을 쓰고 레몬 꽃으로 머리를 장식하도록 했다. 그녀들 중 스물두 명이 사랑과 복종을 맹세했고, 나는 죽음이 갈라놓을 때까지 그녀들에게 충성과 신의를 지키겠다고 화답했다. 위대한 신성모독의 밤이었다.

나는 돌이킬 수 없는 무언가가 일어나리라는 불길한 예감에 잠을 이루지 못했고, 새벽부터 성당의 시계 소리를 들으며 남은 시간을 헤아렸다. 내가 교회에 있어야만

하는 시간을 알리는 끔찍한 종소리가 일곱 번 울릴 때까지 그렇게 했다. 8시가 되자 전화벨이 울리기 시작했다. 한 시간 이상 길고 끈질기고 예측불허의 간격으로 울렸다. 나는 전화를 받지 않았을 뿐만 아니라, 숨도 쉬지 않았다. 10시가 되기 직전에 대문을 두드리는 소리가 들렸다. 처음에는 주먹으로 치다가, 나중에는 내가 익히 알고 있는 증오스러운 목소리들이 고래고래 고함을 질렀다. 나는 심각한 불상사가 일어나 대문이 부서지지 않을까 겁이 났지만, 11시경이 되자 집은 큰 재앙이 지나간 뒤에 마침내 찾아온 적막 속에 있게 되었다. 그제야 나는 그녀와 나 자신을 위해 울었고, 평생 동안 그녀와 절대로 마주치지 않게 해달라고 온 마음을 다 바쳐 빌었다. 그런데 어느 성인이 나의 기도를 반쯤만 들었나보다. 히메나 오르티스는 그날 밤 당장 이 땅을 떠났고, 이십 년이 지난 어느 날, 내 아이들이 될 수도 있었던 일곱 명의 아이들과 함께 당당한 유부녀가 되어 돌아왔기 때문이다.

사회적으로 물의를 일으킨 뒤에 《라 파스 신문》의 내 자리와 칼럼을 지키는 일은 상당히 힘겨웠다. 하지만 내 칼럼이 11면으로 밀려난 것은 그 때문이 아니라, 20세기로 접어들면서 시작된 맹목적인 힘 때문이었다. 진보는 삽시간에 내가 사는 도시의 신화가 되었다. 모든 것이 바뀌었다. 비행기가 날아다녔고, 융커스 군용 비행기에서 우편낭을 던지던 어느 사업가는 항공 우편을 발명했다.

변하지 않고 남은 유일한 것이 신문에 쓰는 내 칼럼이었다. 새로운 세대들은 내 칼럼을 부숴버려야 할 구시대의 미라라고 공격했지만, 나는 개혁의 흐름을 거부하며 아무것도 양보하지 않은 채 꿋꿋이 한결같은 논조를 유지했다. 나는 모든 것으로부터 귀를 막았다. 마흔이 된 젊은 편집자들은 내 글을 '사생아 무다라\*의 칼럼'이라고 불렀다. 당시의 편집장은 나를 자기 사무실로 불러서는, 새로운 흐름에 걸맞은 글을 써달라고 부탁했다. 그리고 마치 자기가 그걸 만들어내기라도 한 것처럼, 세상은 발전하고 있습니다, 하고 점잖게 말했다. 그래서 나는 대답했다. 그렇습니다, 발전하고 있어요. 하지만 여전히 태양 주위를 돌고 있지요. 나는 일요 칼럼을 계속 쓸 수 있었는데, 다른 전신 편집자를 구하지 못

---

\* 스페인의 유명한 무훈시 「라라의 일곱 형제」에 나오는 인물로, 가족의 명예와 복수의 문제를 다룬 걸작이라는 평을 받는다.

해서 그랬던 것 같다. 오늘날 나는 내 말이 옳았으며, 그 이유가 합당했음을 알고 있다. 인생에 욕심이 많았던 우리 세대의 젊은이들은 미래에 대한 환상을 모두 잃어버렸다. 현실은 자신들이 꿈꾸던 미래의 모습과 같지 않다는 걸 배우고 나자 그들은 향수 어린 옛것을 찾게 되었다. 바로 그곳에, 과거라는 잿더미 속에 남겨진 고대의 유물처럼 내 일요 칼럼이 있었다. 그들은 내가 쓰는 글이 늙은이들만을 위한 것이 아니라, 늙는 것을 겁내지 않는 젊은이들에게도 도움이 된다는 사실을 깨달았다. 그러자 내 칼럼은 다시 사설 지면으로 돌아왔고, 이따금 특별한 경우에는 1면에 실리기도 했다.

 나는 질문을 던지는 사람에게 항상 진실로 답해 준다. 한마디로 나는 창녀들 때문에 결혼할 시간이 없었다. 그러나 아흔 살이 되던 날까지, 그러니까 더 이상 운명에 도전하지 않겠다고 결심하며 로사 카바르카스의 집을 나서기 전까지는 그렇게 말하지 못했다는 사실을 인정하겠다. 나는 다른 사람이 된 것 같았다. 하지만 그 기분은 공원을 둘러싼 철제 울타리에 군인들이 버티고 있는 것을 보자 금세 사라지고 말았다. 집에서 엎드린 채 거실 바닥을 닦고 있는 다미아나를 발견한 나는, 나이와는 상관없이 여전히 싱싱한 그녀의 허벅지를 보자 또다시 과거의 전율이 느껴졌다. 그녀는 그런 내 상태를 눈치 채고 치마로 허벅지를 가렸다. 나는 유혹을 이기지 못하고 그녀에게 물었다. 한 가지만 말해 봐요, 다미아나. 어떤 기억이 떠올랐소? 아무것도 떠오르지 않았어요, 라고 그녀는 대답했다. 하지만 이내, 그렇게 물으시니까 생각이 나네요, 하고 말을 고쳤다. 나는 가슴이 터질 것만 같았다. 나는 한번도 사랑에 빠져본 적이 없소, 라고 내가 말하자 그녀는 한 치의 망설임도 없이, 전 사랑한 적이 있어요, 하고 대답했다. 그러고는 하던 일을 멈추지 않은 채로, 당신 때문에 이십이 년 동안 울었지요, 라고 말을 맺었다. 가슴이 마구 뛰었다. 나는 체통을 유지하며 그 상황에서 빠져나오기 위해, 아마 우리는 잘 어울리는 한 쌍이 될 수 있었을 거요, 라고 했다. 그러자 그녀는, 이제야 그런 말을 하시다니 정말로 안타깝네요, 전 이제 당신에게 아무런 위안을 드리지 못하는 몸인데 말이에요, 라고 했다. 다미아나는 집을 나서며 한결 편안해진 어조로 말했다. 당신은 믿지 않겠지만, 하느님 덕분에 전 아직도 처녀랍니다.

잠시 후 나는 다미아나가 집 안 곳곳을 빨간 장미를

꽂은 꽃병들로 장식하고, 베개 위에는 "백 살까지 사세요."라고 적은 카드를 놓아두었음을 알게 되었다. 나는 씁쓸한 마음으로 자리에 앉아 전날 쓰다 만 칼럼을 이어서 쓰기 시작했다. 두 시간도 채 안 되어 일필휘지로 칼럼을 끝냈지만, 사실은 아무도 내 눈물을 눈치 채지 못하도록 '백조의 목을 비틀면서'* 써야만 했다. 그래야 내가 아무렇지 않은 것처럼 보일 수 있으니까. 그런데 뒤늦게 갑작스러운 영감에 휩싸인 나는 아직 내가 죽을 정도로 형편없는 상태는 아니지만, 부끄럽지 않았던 내 오랜 삶에 마침표를 찍겠다는 선언으로 칼럼의 끝을 마무리 지어야겠다고 마음먹었다.

나는 원고를 신문사 수위실에 맡기고 집으로 돌아올 생각이었다. 그러나 그럴 수 없었다. 편집부 직원 전부가 내 생일을 축하하기 위해 기다리고 있었던 것이다. 공사 중인 신문사 건물은 사방이 임시 발판과 돌 부스

---

* 루벤 다리오의 유명한 시구. 가르시아 마르케스가 즐겨 쓰는 표현으로, 그가 《엘 에스펙타도르》에서 일하던 시절, 그 신문의 편집장이었던 호세 살가르가 사건의 정확성을 기하기 위해서는 '백조의 목을 비틀어야 한다.'라고 말했기 때문이다. 여기서는 가장 보잘것없는 것도 정확하게 써야 한다는 것을 의미한다.

러기 천지였지만, 생일 파티를 위해 잠시 공사를 멈추고 있었다. 목수가 쓰던 탁자 위에는 축배를 들기 위한 음료수와 예쁜 셀로판지로 포장한 선물들이 쌓여 있었다. 갑작스럽게 터지는 카메라 플래시에 어안이 벙벙해진 나는 얼결에 그곳에 있는 모든 사람들과 기념사진을 찍게 되었다.

도시의 라디오와 일간 신문 기자들이 한자리에 모여 있는 걸 보자 몹시 반가웠다. 보수 성향의 조간신문《라 프렌사》, 자유당 성향의 조간신문《엘 에랄도》, 열정적인 소설들을 연재해 공공질서의 긴장을 완화시키려고 노력해 온 감각적 성향의 석간신문《엘 나시오날》의 기자들이 와 있었다. 이들이 모두 함께 있는 것은 조금도 이상한 일이 아니다. 왜냐하면 이 도시의 정신 속에서는 군 장성들이 신문사와 전쟁을 벌이는 동안에도 군대와의 우정은 변함없이 유지되어 왔다는 사실을 늘 기껍게 받아들였기 때문이다.

또 그곳에는 아직 근무 시간 전이었음에도 불구하고 정부 측 검열관 헤로니모 오르테가도 있었다. 우리는 그를 '얄미운 9시 인간'이라고 부르곤 했다. 그가 보수당의 두목처럼 피비린내 나는 빨간 색연필을 들고 9시 정각에 도착하곤 했기 때문이다. 그러고는 아침 신문에 문제가 될 만한 글자가 단 한 자도 없다는 확신이 들 때까지 머물곤 했다. 그는 개인적으로 나에 대해 반감을 갖고 있었다. 그 까닭은 내가 문법학자로서 영광을 누리고 있는 데다, 스페인어보다 표현력이 강하다고 여겨지는 이탈리아어 단어를 쓸 때 따옴표를 붙이지도 이탤릭체로 쓰지도 않기 때문이었다. 아마도 동남아시아의 언어에서는 틀림없이 그것이 올바른 표기법일 것이다. 사 년간 서로를 증오하던 우리는 우리 자신의 본능적 공격성을 서로 책망하며 양심의 가책을 느끼다가, 결국은 그걸 받아들이고 묵은 과거를 청산했다.

비서들이 아흔 개의 촛불이 밝혀진 케이크를 들고 왔다. 난생처음 내 나이와 같은 숫자의 촛불과 마주치는 순간이었다. 다 함께 건배를 외치자 애써 눈물을 삼키던 나는 아무런 이유도 없이 간밤의 어린 소녀를 떠올렸다. 그것은 갑작스러운 분노감이 아니라, 다시 떠올리고 싶지 않았던 여자에 대한 때늦은 동정심이었다. 천사들의 의례 같은 행위가 끝나자, 누군가가 내게 칼을 손에 쥐여주며 케이크를 자르라고 했다. 비웃음을 사게 될까 두려워 아무도 즉석 연설을 할 엄두를 내지 못했다. 설령 그랬다 해도 나는 그 연설에 화답하느니 차라리 죽는 편을 택했을 것이다. 내 마음에 든 적이 한 번도 없는 편집장은 파티를 끝내기 위해 우리를 잔인한 현실로 되돌려 놓았다. 그가 말했다. 존경하는 아흔 살의 칼럼니스트님, 이제 칼럼을 주시지요.

사실 나는 오후 내내 그 종이가 주머니 속의 불덩이처럼 내 몸을 달구는 걸 느끼고 있었지만, 너무나 깊은 감동을 받은 나머지 퇴직 의사를 표시해서 파티에 찬물을 끼얹고 싶지 않았다. 그래서 나는 이번엔 칼럼이 없소, 라고 말했다. 편집장은 지난 세기 이후로 생각할 수도 없었던 원고 펑크 사태에 몹시 불쾌해했다. 한 번만 이해해 주시오, 너무나 힘든 밤을 보내고 혼미한 상태로 일어났소, 라고 하자 그는 씁쓸한 표정으로, 그러면 그런 얘기를 쓰셨어야지요, 독자들은 아흔 살 된 노인의 글을 통해서 그의 생활이 어떤지 알고 싶어 할 텐데요, 라고 했다. 그때 여비서 하나가 끼어들었다. 그녀는 장난꾸러기 같은 눈빛을 하고서, 혹시 달콤한 비밀은 아닐까요? 정말 그런 거 아니세요? 하고 물었다. 내 얼굴은 뜨거운 돌풍을 쐰 듯이 시뻘게졌다. 이런 빌어먹을, 얼굴이 마음을 폭로하며 배신을 하다니! 그때 또 다른 여비서가 활짝 웃더니 나를 손가락으로 가리키며 외쳤다. 정말 멋져요! 아직도 얼굴이 빨개질 정도로 점잖으세요. 그런 무례한 말을 듣자 내 얼굴은 더욱 빨개졌다. 그러자 먼저의 여비서가, 가슴 설레는 밤을 보내셨나 봐요, 정말 부러워요, 라고 말하며 내게 키스를 해서 얼굴에 빨간 립스틱 자국을 남겼다. 사진사들은 부산스럽게 돌아다니며 인정사정없이 사진을 찍어댔다. 나는 얼떨떨해진 나머지 그만 편집장에게 칼럼을 건네주고 말았다. 아까 한 말은 농담이오, 여기 있어요, 라고 하면서. 나는 마지막 박수갈채를 받으며 황급히 그곳을 빠져나왔다. 그들에게 건넨 것이 원고가 아니라 반세기 동안 내가 분투해 왔던 일을 그만두겠다는 사직서라는 걸 알게 되는 순간 그곳에 있고 싶지 않아서였다.

  그날 밤 집에서 선물 포장을 뜯는 동안에도 계속해서 조바심이 일었다. 라이노타이프 타자수들은 지난 생일들에 선물한 세 개의 전기 커피포트와 똑같은 선물을 하는 실수를 범했다. 인쇄공들은 시립 사육장에서 기르는 페르시아고양이 중 한 마리를 고를 수 있도록 해주고, 신문사 임원들은 상징적인 보너스를 주었다. 여비서들은 입술 모양이 찍힌 팬티 석 장을 선물하면서, 생일

카드에다 자신들이 자진해서 내 팬티를 벗겨주겠다고 써놓았다. 그러자 늙는다는 것의 매력 중 하나는 우리를 용도 폐기된 존재로 여기는 젊은 여자 친구들이 도발적인 말과 행동을 거리낌 없이 하게 되는 것이라는 생각이 머리를 스쳤다.

스테판 아스케나세가 연주한 쇼팽의 24개 전주곡집 디스크를 보낸 사람이 누군지는 알 도리가 없었다. 편집부 사람들 대부분은 유행하는 책을 선물했다. 선물 포장을 뜯고 있는데 로사 카바르카스로부터 전화가 걸려 왔다. 그 아이와 무슨 일이 있은 거예요? 그녀는 내가 듣고 싶지 않은 질문을 던졌다. 아무 일도 없었소, 라고 나는 깊이 생각하지 않고 대꾸했다. 그 아이를 깨우지도 않은 게 아무것도 아니라고요? 여자는 자신의 데뷔를 우습게 여기는 남자를 절대로 용서하지 않아요. 로사 카바르카스가 말했다. 나는 그 아이가 단추 다는 일 때문에 너무 지쳐 보였다고, 그래서 어쩌면 적절한 시간이 아닐지 모른다는 생각이 들어 자는 척했다고 둘러댔다. 그러자 로사는, 가장 심각한 문제는 그 아이가 이제는 당신도 무용지물이 되었다고 믿고 그 얘길 사방에 떠들고 다닐지도 모른다는 점이고, 그건 매우 바람직하지 않아요, 라고 말했다.

그녀는 내가 놀라기를 바랐겠지만, 나는 그녀가 그런 기쁨을 느끼게 해주지 않았다. 설령 그렇다 하더라도, 그 소녀의 상태가 얼마나 안돼 보였던지 자고 있든 깨어 있든 그 아이에게는 아무것도 기대할 수 없었다고, 한마디로 병원에 입원해야 할 것 같은 몸이었다고 말했다. 그러자 로사 카바르카스는 목소리를 낮추고는, 너무 시간에 쫓기며 구한 게 잘못이었어요. 하지만 방법은 있어요, 곧 알게 될 거예요, 라고 했다. 그리고 그 여자 아이의 말을 들어보겠다고 약속하며, 만일 당신 말대로라면 돈을 돌려주겠어요. 어때요? 하고 물었다. 그래서 나는 말했다. 그냥 놔두도록 해요. 여기서는 아무 일도 없었지만, 어쨌든 이제 내가 그런 부산스러운 일을 벌일 만하지 못하다는 것이 증명되었소. 그런 점에서 그 아이의 말은 일리가 있어요. 이제 난 무용지물이오. 그렇게 말하고 나서 나는 평생 느껴보지 못했던 해방감에 가득 차 전화를 끊었다. 마침내 열세 살 때부터 나를 옭죄어 왔던 굴레에서 벗어난 것이다.

저녁 7시에 나는 예술 궁전의 연주홀에서 열린 자크 티보트와 알프레드 코로의 콘서트에 특별 손님으로 초대받아 갔다. 세자르 프랑크의 바이올린과 피아노를 위한 소나타를 멋지게 연주했다. 중간 휴식 시간 동안 나는 사방에서 나에게 쏟아지는 최고의 찬사에 귀를 기울였다. 우리 음악계의 거인 페드로 비아바 선생은 나를 거의 끌다시피 해서 대기실로 데려가더니 연주자들에게 소개했다. 나는 너무 얼떨떨한 나머지, 연주하지도 않은 슈만의 소나타가 너무나 훌륭했다고 치하했다. 그러자 누군가가 무례하게도 대놓고 내 말을 고쳐주었다. 내가 그 두 소나타를 혼동할 정도로 무식하다는 인상이 지역 전체에 퍼졌고, 나는 멍청하게도 그다음 주 일요일자 신문의 콘서트 비평란에다 사건의 전모를 밝히는 설명을 해서 상황을 더욱 악화시키고 말았다.

기나긴 생애에서 처음으로 나는 누군가를 죽일 수도 있다는 느낌을 받았다. 빌어먹을 황당한 말을 했다는 사실에 괴로워하며 집으로 돌아오는 내내, 제때 하지 못했던 결정적인 대답이 귓가에서 윙윙거렸다. 책을 읽고 음악을 들었지만, 분을 삭일 수는 없었다. 그런데 다행히도 로사 카바르카스가 전화를 걸어 소리를 질러가며, 신문을 읽고 기분이 너무 좋았어요. 당신이 아흔이 아니라 백 살은 먹었을 거라고 생각하고 있었거든요, 라고 하는 바람에 나는 그런 망상에서 벗어날 수 있었다. 나는 역정을 내면서 내가 그렇게 빌어먹을 늙은이처럼 보였소? 하고 물었다. 그러자 그녀는, 정반대예요, 난 당신이 너무나 건강하다는 걸 알고 놀란 거라고요. 나이가 들수록 남들에게 자신이 여전히 건재하다는 걸 증명해 보이려고 애쓰는 추잡한 늙은이들 같은 족속이 아니라는 걸 알게 되어서 얼마나 좋은지 몰라요, 라고 말하고는 뜸을 들이지 않고 곧장 본론으로 들어갔다. 당신에게 줄 생일 선물이 있어요. 나는 정말로 놀라서 그게 뭐요? 하고 물었다. 계집아이지요. 그녀가 말했다.

나는 잠시도 고민하지 않고 대번, 고맙소, 하지만 그건 이미 지난 얘기요, 라고 말했다. 그러나 그녀는 전혀 개의치 않고 말을 이었다. 백단 줄기를 담근 물에 목욕을 시킨 다음 중국산 종이로 포장해서 당신 집으로 보내지요. 전부 공짜예요. 내가 묵묵히 듣고만 있는 동안, 그녀는 기를 쓰고 걸걸한 목소리로 설명을 했다. 내가 보기에는 진심인 것 같았다. 그녀는 그 아이가 지난 금요일에는 골무를 끼고 바늘로 단추 200개를 다느라 기진맥진해 있었다고 털어놓았다는 말을 했다. 그리고 처참하게 강간을 당할까 두려워했던 것도 사실이지만, 이제는 그런 희생을 감내하도록 교육을 잘 받았다고 전했다. 또 나와 함께 보낸 밤에 화장실에 가기 위해 자리에서 일어났었는데, 내가 너무 깊이 잠들어 있어서 차마 깨울 수 없었지만, 아침에 다시 눈을 떴을 때는 이미 내가 그곳을 떠난 뒤였다고 하더라는 말도 해주었다. 나는 그녀가 쓸데없이 거짓말을 늘어놓는 것 같아 기분이 상했다. 로사 카바르카스는 쉬지 않고 얘기했다. 설령 그랬더라도 지금 그 아이는 후회하고 있어요. 불쌍한 것……. 내 앞에 있는데, 바꿔 줄까요? 아니, 제발 그러지 마시오.

신문사의 여비서가 전화를 했을 때, 나는 벌써 글을 쓰기 시작한 상태였다. 그녀는 다음 날 11시에 사장이 만나고 싶어 한다고 전했다. 나는 제시간에 도착했다. 리모델링 공사의 굉음 소리는 참을 수 없는 지경이었고, 망치 소리와 시멘트 먼지, 그리고 콜타르 냄새 때문에 숨을 쉬기도 어려웠다. 그러나 편집실은 이토록 혼란스러운 일상 속에서도 생각하는 법을 이미 터득하고 있었다. 반면 사장실은 조용하고 시원했으며, 우리와는 별개의 이상적인 영토에 자리 잡고 있었다.

청년의 분위기를 풍기는 마르코 툴리오 3세는 내가

들어오는 것을 보자 자리에서 벌떡 일어났다. 그러나 들고 있던 수화기는 내려놓지 않은 채, 책상 너머로 손을 뻗어 악수를 청하고는, 나에게 손짓으로 앉으라고 권했다. 나는 그가 실제로 전화 통화를 하고 있는 게 아니라 그저 나에게 깊은 인상을 주기 위한 제스처에 불과할 거라고 생각했다. 하지만 이내 그가 주지사와 통화하고 있다는 걸 알 수 있었다. 정말로 예의바른 적들이 나누는 힘겨운 대화였다. 그는 권력자와 대화를 나누는 동안 내내 서 있었는데, 내 눈에는 그가 박력 있는 사람처럼 보이려고 애쓰고 있는 것 같았다.

그에게는 깔끔함이라는 해악이 눈에 띄었다. 그는 4개 국어를 구사할 줄 알았고 외국에서 세 가지 석사 학위를 받은 스물아홉 살의 청년이었다. 신문사의 초대 종신 회장이었으며, 매춘업으로 돈을 번 후 기자가 되었던 그의 할아버지와는 달랐다. 괴팍하지 않고, 말끔하고 온화하며 침착한 사람처럼 보였지만, 그 세련된 외양을 위태롭게 만드는 결점이 하나 있었는데, 다름 아닌 목소리에 담긴 위선이었다. 그는 캐주얼 재킷 차림에다, 깃에는 싱싱한 난초 한 송이를 꽂고 있었다. 모든 것이 그의 일부분인 양 잘 어울렸지만, 그 무엇도 바깥 거리의 날씨가 아니라 봄날처럼 시원한 사무실에나 걸맞았다. 옷을 차려입는 데 두 시간 가까이 허비했던 나는 가난의 수치스러움을 느꼈고, 그러자 더욱 화가 치밀었다.

어쨌거나 치명적인 독은 신문사 창립 25주년 기념일에 정규직 사원들이 다 함께 모여 찍은 단체 사진에 있었다. 사진 속 인물들 가운데 고인이 된 이들의 머리 위에다 조그만 십자가를 그려 넣은 것이었다. 오른쪽에서 세 번째에 있는 나는 맥고모자를 쓰고 매듭을 크게 지은 넥타이를 매고 진주가 박힌 넥타이핀을 하고 있었다. 또 내가 마흔 살까지 길렀던 시민군 대령 같은 콧수염에, 반세기가 지난 후에야 필요가 없어진 신학생 풍의 금테 안경을 쓰고 있었다. 수년 동안 다른 여러 사무실에 그 사진이 걸려 있는 것을 보았지만, 그제야 비로소 나는 그 사진이 전하는 메시지를 알아차렸다. 사진 속에 있는 마흔여덟 명의 직원 중에서 단 네 사람만이 아직도 살아 있었고, 그 중 막내는 여러 사람을 죽인 죄로 이십 년 형을 선고받아 복역하고 있었다.

전화 통화를 마친 사장은 사진을 바라보고 있던 나를 놀라게 하더니 미소를 지었다. 그 십자가들은 제가 그은 게 아닙니다, 라고 말하고는 정말 악취미지요, 하고 덧붙였다. 그러고는 자리에 앉더니 어조를 바꿔서 말을 이었다. 제가 아는 사람들 중에 선생님이 가장 예측하기 어려운 분이시라는 말씀을 드려도 언짢지 않으실는지요. 내가 놀라는 모습을 보이자 그는 곧장 본론으로 들어갔다. 선생님의 사직서 때문에 드리는 말씀입니다. 나는 가까스로, 평생을 일했다오, 라는 말만을 할 수 있었다. 바로 그렇기 때문에 사직은 적절한 해결책이 아니라고 그는 응수했다. 그러면서 자기가 보기에 칼럼은 매우 훌륭했으며, 늙음에 관해 이야기한 부분은 이제껏 읽어본 중 최고의 것이었는데, 시민권을 박탈하는 것처럼 보이는 결정으로 끝내는 건 무의미한 일이라고 했다. 그런데 다행스럽게도, '얄미운 9시 인간'이 사설 코너의 준비를 모두 끝마친 상태에서 내 칼럼을 읽었고, 도저히 수용할 수 없는 말이라는 판단을 내렸다는 것도 덧붙였다. 아무한테도 물어보지 않고, 핏빛 색연필을 위아래로 마구 휘둘러 지워버렸습니다. 오늘 아침 그 사실을 안 저는 시청에 항의 서한을 보내도록 지시했지요. 당연히 제가 해야 할 몫입니다. 하지만 우리끼리니까 드리는 말씀입니다만, 전 검열관이 제멋대로 한 행동에 몹시 감사하고 있습니다. 칼럼을 그만 쓰시겠다는 선생님의 말씀을 저는 받아들일 수 없습니다. 진심으로 애원합니다. 바다 한가운데 있는 배를 버리지 말아주세요. 그러면서 그는 멋지게 말을 맺었다. 아직도 음악에 대해서 우리는 나눌 이야기가 많이 남아 있습니다.

그의 태도가 너무나 확고해서 나는 차마 엉뚱한 이야기를 꺼내 의견 차를 악화시킬 엄두가 나지 않았다. 사실, 문제는 그 순간에도 내가 일을 그만둘 그럴듯한 명분을 발견하지 못했다는 거였다. 나는 그저 시간을 벌기 위해서 또다시 알았다고 말하게 될지도 모른다는 생각으로 겁에 질렸다. 눈물이 쏟아질 것만 같은 궁상스러운 감정을 눈치 채이지 않도록 힘겹게 억눌러야만 했다. 그리고 결국 우리는 오랜 세월이 지난 후에도 예전과 다름없는 상태로 지내게 되고 말았다.

그다음 주에 나는 기쁨보다는 혼란스러운 감정을 느끼며 인쇄공들이 선물한 고양이를 찾기 위해 사육장에 들렀다. 나는 동물들을 별로 좋아하지 않는다. 말을 배우기 전의 아이들을 좋아하지 않는 것과 같은 이유에서였다. 내가 보기에 그들은 영혼이 없는 존재다. 싫어하는 건 아니지만, 그들을 다루는 법을 배운 적이 없어서 참을 수가 없는 것이다. 나는 인간이 자기 아내보다 강아지와 더 마음이 잘 통한다거나, 개들에게 제때에 먹고 배설하는 훈련을 시키거나, 질문에 답하고 고통을 나누는 법을 가르치는 것은 자연에 역행하는 짓이라고 생각한다. 하지만 인쇄공들이 예약해 둔 고양이를 찾아가지 않는 건 그들을 무시하는 행동일 수 있었다. 게다가 매끄러운 핑크빛 털과 반짝이는 눈을 지닌 귀여운 페르시아고양이였다. 그 녀석은 마치 무슨 말을 하는 것처럼 가르릉거리는 소리를 냈다. 사육장에서는 그것을 족보증명서와 함께 대나무 바구니에 담아 내게 건넸다. 조립식 자전거라도 되는 듯 설명서도 넣어 주었다.

군인들이 산 니콜라스 공원으로 들어가려는 보행자들의 신원을 확인하고 있었다. 전에는 한 번도 보지 못한 풍경이었고, 내가 늙었다는 증거만큼이나 실망스러운 것이 또 있으리라고는 상상하지 못했었다. 네 명이 한 조를 이룬 군인들을 이제 막 사춘기에서 벗어난 듯 보이는 장교가 지휘하고 있었다. 굳은살이 박인 강인한 고산 지대 출신 병사들은 과묵했고 마구간 냄새를 풍겼다. 젊은 장교는 해변으로 놀러온 안데스 산지 사람처럼 불그레한 얼굴로 사람들을 하나하나 감시하고 있었다. 내 신분증과 기자증을 확인한 그가 바구니에 무엇이 들어 있느냐고 물었다. 나는 고양이요, 라고 대답했다. 그는 제 눈으로 확인하고 싶어 했다. 고양이가 도망칠지도 모른다는 생각에 나는 조심스럽게 바구니 뚜껑을 열었다. 그런데 병사 하나가 바구니 안쪽에 다른 걸 숨기지 않았는지 확인하려고 덤비다가 고양이에게 손등을 할퀴고 말았다. 그러자 장교가 끼어들었다. 보석처럼 소중한 페르시아고양이군요, 하고 중얼거리면서 고양이를 쓰다듬었다. 고양이는 공격을 하진 않았지만, 별 관심을 보이지도 않았다. 몇 살이나 먹었습니까? 하고 장교가 물었다. 잘 모르겠소, 방금 선물 받은 것이라……. 내 대답에 장교는, 아주 늙어 보여서, 그러니까 한 열 살쯤은 돼 보여서 여쭤본 겁니다, 라고 했다. 나는 그런 걸 어떻게 아는지를 비롯해 묻고 싶은 것이 많았지만, 그의 예의 바르고 단정한 태도와 말씨에도 불구하고 길게 이야기를 나누고 싶은 생각은 전혀 없었다. 보아하니 이 녀석은 버려진 지 오래된 고양이예요, 하고 그가 말했다. 그러니까 길들이려고 애쓰지 마시고 선생님께서 고양이에게 적응하세요. 그리고 고양이가 선생님을 믿을 때까지 그냥 놔두세요. 그렇게 말하고 바구니 뚜껑을 닫은 그는 내게 무슨 일을 하느냐고 물었다. 나는 기자라고 대답했다. 얼마나 되셨습니까? 반세기는 족히 되었소. 의심의 여지가 없겠습니다. 끝으로 그는 내게 악수를 청하더니 한마디 말을 던지고 돌아섰다. 위협이라기보다는 좋은 충고로 받아들일 수도 있는 말이었다.

"조심하십시오."

정오가 되자 나는 수화기를 내려놓고 아주 훌륭한 음악 속으로 빠져 들었다. 바그너의 클라리넷과 오케스트라를 위한 광시곡, 드뷔시의 색소폰 랩소디, 브루크너의 현악 5중주였다. 특히 브루크너의 음악은 복잡하고 변화무쌍한 그의 작품 중에서도 에덴동산의 잔잔한 호수와도 같았다. 그리고 어느 순간, 나는 내가 서재의 어둠 속에 깊이 잠겨 있음을 깨달았다. 그때 책상 밑에서 무언가가 미끄러지듯 지나가는 느낌을 받았다. 살아 있는 육체가 아닌 초자연적인 존재가 내 발을 스친 것 같아서 나는 비명을 지르며 벌떡 일어났다. 꼬리를 오뚝 세우고, 소리도 내지 않고 느릿느릿 걸어 다니며 신화적인 족보를 자랑하는 고양이였다. 나는 인간이 아닌 살아 있는 존재와 단둘이 집 안에 있다는 생각에 오싹해져 몸서리를 쳤다.

성당의 종소리가 7시를 알렸을 때, 장밋빛 하늘에는

아주 밝은 별 하나만이 떠 있었다. 배는 처량한 작별의 고동을 울렸다. 그러자 나는 내 사랑이 될 수 있었으나 그러지 못했던 모든 사랑들로 목이 메었다. 더 이상 참을 수 없었다. 그리고 긴장된 마음으로 수화기를 든 다음 실수하지 않기 위해 아주 천천히 다이얼을 네 번 돌렸다. 신호음이 세 번 울린 뒤에 나는 상대방의 목소리를 알아들을 수 있었다. 안도의 한숨을 내쉬며 얼른, 나일세, 하고는 아침에 화낸 건 용서해 주시오, 라고 덧붙였다. 그녀의 목소리는 차분했다. 걱정 마세요. 당신 전화를 기다리고 있었으니까요. 그래서 나는 이렇게 못 박았다. 그 아이가 하느님이 세상에 보내셨을 때의 모습 그대로 나를 기다리도록 해야 하오. 얼굴에 덕지덕지 처바르지 않고 말이오. 그러자 그녀는 걸쭉한 웃음을 터뜨리면서, 분부대로 하지요, 하지만 옷을 하나씩 벗기는 재미도 쏠쏠하다던데요? 늙은이들은 그런 거에 미치는데, 그게 왜 좋은지 난 아직도 모르겠어요, 라고 했다. 나는 그 이유를 알려주겠다며, 왜냐하면 그럴수록 더욱 늙어가기 때문이지, 라고 대답했다. 그러자 그녀는 좋다고 했다.

"좋아요, 그럼 오늘 밤 10시 정각이에요. 그 아이가 식기 전에."

# 3

 이름이 무얼까? 여주인은 이름을 말해 주지 않았다. 소녀에 관해 이야기할 때도 그냥 '여자 아이'라고만 불렀다. 난 소녀에게 나만이 부르게 될 이름, 가령 '눈에 넣어도 아프지 않을 아이'라거나 '어린 돛배'* 같은 별명으로 세례를 주었다. 로사 카바르카스는 손님의 취향에 맞춰 자기 제자들에게 각기 다른 이름을 붙여주곤 했었다. 그래서 나는 여자의 얼굴을 보고 이름을 알아맞히며 즐거운 시간을 보냈었다. 처음부터 나는 그 아

---

* 돛배에는 여성의 성기라는 의미가 들어 있다.

이가 필로메나나 사투르니나 혹은 니콜라사 같은 긴 이름을 가지고 있으리라고 확신했다. 그런 생각을 하고 있는데, 그녀가 침대에서 몸을 돌려 내게 등을 보였다. 그 순간 그녀의 몸과 크기와 모양이 비슷한 피 웅덩이가 생겨난 걸 보았다는 생각이 들었다. 너무나 경악한 나머지 얼른 확인해 보았다. 땀에 젖은 침대 시트가 축축해진 것이었다.

로사 카바르카스는 아직도 아이에게 첫날밤의 불안이 남아 있으니 조심스럽게 대하라고 충고해 주었다. 하지만 상황은 그보다 더 심각했다. 나의 엄숙한 의식이 소녀를 더욱 두렵게 만들었고, 쥐오줌풀을 마시는 바람에 두려움도 훨씬 강해진 듯했다. 자장가를 불러주진 못할망정 잠을 깨우는 것이 미안하게 생각될 정도로 그녀는 곤히 잠들어 있었다. 그래서 나는 수건으로 땀을 닦아주면서, 왕인 아버지의 사랑에 설득당한 막내딸 델가디나의 노래를 속삭이듯 불러주었다. 땀을 닦아주자 그녀는 내 노래의 리듬에 맞추어 흥건하게 땀이 찬 옆구리를 보여주었다. "델가디나, 델가디나, 너는 나의 사랑하는 연인이 되어주겠지." 그것은 형언할 수 없이 지극한 기쁨이었다. 소녀는 한쪽 옆구리를 닦아주면 다른 쪽 옆구리에서 다시 땀을 흘렸기 때문에 노래는 영원히 끝나지 않을 것 같았다. "일어나거라, 델가디나, 네 실크 스커트를 입으렴." 나는 그녀의 귓가에 노랫가락을 불어넣었다. 이윽고 왕의 하인들이 그녀가 침대에서 목말라 죽어 있는 것을 발견하는 대목에 이르자, 그 이름을 들은 나의 소녀는 막 잠에서 깨어나려고 하는 듯했다. 그녀가 바로 델가디나였던 것이다.

나는 입술 모양이 찍힌 팬티를 입고 침대로 돌아와서 그녀 옆에 누웠다. 그리고 평온한 그녀의 숨소리를 자장가 삼아 5시까지 잠을 잤다. 그리고 세수도 하지 않고 성급히 옷을 입다가, 세면대 거울에 립스틱으로 써놓은 "호랑이는 먼 곳에서 먹이를 찾지 않는다."라는 문장을 발견했다. 간밤에는 분명 없었던 것이고, 다른 누구도 이 방에 들어올 수 없었으니, 그것은 악마의 선물임이 분명했다. 그때 문가에 서 있던 나는 엄청나게 큰 천둥소리를 듣고 기절초풍할 뻔했다. 방 안은 불길하기 그지없는 젖은 흙냄새로 가득 찼다. 나는 무사히 그곳을 빠져나올 수 없었다. 택시를 타기도 전에 갑자기 폭우가 쏟아졌던 것이다. 5월과 10월 사이에 내리는 폭우는 마을을 쑥대밭으로 만들어버리곤 했다. 뜨거운 모래로 덮인 길은 강으로 쓸려 내려갔기 때문에, 폭우는 이내 급류가 되어 길가에 있던 모든 것을 휩쓸어 버렸다. 석 달의 가뭄 끝에 내린 괴이한 가을 소나기는 파괴적이었고, 어쩌면 하느님의 섭리에 의한 것일지 몰랐다.

집의 대문을 여는 순간부터 혼자가 아니라는 느낌이 물리적으로 나를 엄습했다. 소파 위를 뛰어다니다가 발코니로 숨어버린 고양이의 유령이 보였다. 고양이의 접시에는 음식 찌꺼기가 남아 있었지만, 그것은 내가 준 음식이 아니었다. 퀴퀴한 오줌과 뜨뜻한 똥 냄새가 온 집 안을 오염시키고 있었다. 나는 예전에 라틴어를 공부했던 것처럼, 고양이에 대해 연구하겠다고 마음먹었다. 설명서에는 고양이들이 자신의 배설물을 숨기기 위해 땅을 파며, 내 집처럼 마당이 없는 곳에서는 화분 속이나 눈에 띄지 않는 곳에다 숨긴다고 적혀 있었다. 그러면서 첫날부터 모래 상자를 준비해서 고양이가 적응하도록 교육시키라고 권하고 있어서, 나는 그 지시에 따랐다. 또 고양이가 새 집에 도착하면 가장 먼저 사방에 오줌을 싸서 자기 영역을 표시한다고도 했다. 집 안에서 나는 역겨운 냄새의 원인이 그 때문인 듯했지만, 문제

해결법은 나와 있지 않았다. 나는 고양이 특유의 습성에 익숙해지려고 고양이의 흔적을 따라다녀 보았지만, 배설물을 숨기거나 몰래 숨어 있는 장소를 찾아내지도 못했고 경망스러운 습성을 보이는 이유를 알아낼 수도 없었다. 나는 고양이에게 제시간에 먹고, 테라스에서 모래상자를 이용하고, 내가 잠자는 동안에는 침대 위로 올라오지 않고, 테이블에 놓인 음식을 쿵쿵거리며 냄새 맡지 못하도록 가르치고 싶었다. 또 이 집에서 마음 편히 있을 권리가 있으며, 전리품 같은 걸로 오게 된 것이 아니라는 사실을 이해시키고 싶었다. 하지만 결국 실패했고, 하고 싶은 대로 하게 내버려 두었다.

해가 질 무렵 나는 소나기와 맞닥뜨렸다. 허리케인 같은 바람이 집을 날려버릴 듯이 위협하고 있었다. 연신 재채기가 나왔고, 머리가 깨질 듯이 아프고 열도 났다. 하지만 나는 평생을 살면서 그 어떤 이유로도 느끼지 못했던 이상한 힘과 결단력에 사로잡힌 듯한 느낌이었다. 천장에서 새는 빗물을 받으려고 바닥에 조그만 솥을 가져다 놓았다. 그러자 지난 겨울부터 다른 곳에서도 비가 새고 있었다는 사실을 알았다. 커다란 구멍으로 빗물이 새어 들어와 이미 서재 오른쪽 벽 부분을 흥건히 적시고 있었다. 나는 황급히 그쪽에 거처하고 있던 그리스와 라틴 작가들의 책을 구해 내려고 했으나, 책들을 꺼내고 보니 벽 안쪽에 있던 관이 갈라져 물줄기가 세차게 솟구치고 있었다. 천을 가져다가 사력을 다해 수도관에 재갈을 물렸고 덕분에 나머지 책들도 구해 낼 시간을 벌었다. 공원에서 들려오는 빗소리와 바람 소리는 점점 더 맹렬해지고 있었다. 번개가 귀신같이 번뜩이더니 그와 동시에 천둥소리가 들렸다. 그러자 지독한 유황 냄새가 대기를 가득 메웠고, 바람에 발코니 유리창이 부서졌으며, 바다에서 불어온 무시무시한 폭풍은 빗장을 부수고 집 안으로 들이닥쳤다. 그러나 채 십 분도 안 되어 아무 일도 없었다는 듯 단숨에 날씨가 개었다. 거리는 쏟아져 나온 쓰레기들로 뒤범벅이 되었지만, 화사한 햇볕이 내리쬐었고, 다시 더위가 시작되었다.

소나기는 지나갔지만, 나는 여전히 집 안에 홀로 있지 않다는 느낌을 받고 있었다. 내가 설명할 수 있는 유일한 것은, 실제로 벌어졌던 사건들이 잊혀지는 것과 마찬가지로, 결코 일어난 적이 없는 일들이 마치 일어났던 것처럼 기억 속에 자리 잡을 수도 있다는 것뿐이다. 그러니까 소나기로 인해 벌어졌던 긴박한 상황을 떠올리면, 내가 집 안에 혼자 있는 것이 아니라 델가디나와 함께 있는 것 같은 생각이 들었던 것이다. 밤이면 나는 그녀가 너무나도 가까이 와 있다고 느꼈고, 침실에서는 그녀가 내쉬는 숨소리를 들었고, 머리맡에서는 그녀의 맥박이 뛰는 것을 느꼈다. 그렇게 해서 나는 우리가 그토록 짧은 시간에 그토록 많은 것을 했을 수도 있었음을 깨달았다. 서재의 걸상에 올라 서 있는 내 모습을 떠올리면서는, 꽃무늬 옷을 입은 그녀가 잠에서 깨어나 내가 건네주는 책들을 책꽂이에 안전하게 꽂아두는 모습을 기억했다. 또 그녀가 발목까지 물이 차오른 채 비에 흠뻑 젖어서, 폭풍과 싸우면서 집 안을 이리저리 뛰어다니는 모습도 보았다. 이튿날 내가 바닥을 닦고 난장판이 된 집 안을 정리하는 동안은, 실제로는 있지도 않았던 아침 식사를 준비하고 식탁에 올려놓는 세세한 과정까지도 기억이 생생했다. 우리가 아침을 먹는 동안, 나를 바라보던 그녀의 어두운 눈빛을 잊을 수가 없었다. 왜 이렇게 나이가 들어서야 나를 알게 되었어요? 하고 그녀가 물었다. 나는 사실대로 대답했다. 나이란 숫자가 아니라 느끼는 것이라고.

 그때부터 나는 내가 원하는 모습 그대로의 그녀를 너

무도 선명한 기억으로 간직하게 되었다. 내 기분 상태에 따라 그녀는 눈동자의 빛깔을 바꾸었다. 잠에서 깨어날 때는 물처럼 투명한 빛으로, 내가 웃을 때는 꿀처럼 은은한 빛으로, 자기를 난처하게 만들 때는 불처럼 새빨간 빛으로 바꾸곤 했다. 그러면 나는 내 기분의 변화에 어울리는 나이와 조건에 맞는 의상을 그녀에게 입혔다. 사랑에 빠진 스무 살의 풋내기, 마흔 살 먹은 사교계의 창녀, 일흔 살 먹은 바빌로니아의 왕비, 백 살 된 성녀의 의상 등등을. 우리는 푸치니의 사랑의 이중창, 아구스틴 라라의 볼레로, 카를로스 가르델의 탱고를 함께 불렀고, 노래하지 않는 사람은 노래하는 행복이 어떤 것인지 상상할 수도 없다는 것을 다시 한 번 확인하곤 했다. 이제 나는 그것이 환상이 아니라 아흔 해를 살아온 내 인생의 첫사랑이 보여준 또 다른 기적이라는 것을 알고 있다.

집이 정리되자, 나는 로사 카바르카스에게 전화를 걸었다. 내 목소리를 들은 그녀는, 하느님 맙소사! 물에 빠져 죽은 줄 알았어요, 하고 소리쳤다. 난 당신이 다시 그 아이에게 손도 대지 않은 채 밤을 보낸 걸 이해할 수가 없어요. 당신 마음에 들지 않을 수도 있어요. 하지만 적어도 어른처럼 행동해야 하는 것 아닌가요! 그녀가 따졌다. 나는 해명하려고 했지만, 로사 카바르카스는 내게 말할 틈도 주지 않은 채 화제를 바꿔버렸다. 어쨌거나 조금 더 나이 많은 여자를 봐두었어요. 마찬가지로 아름다운 처녀예요. 그 처녀의 아버지는 집을 받는다는 조건으로 그 처녀를 주려고 하지만, 좀 깎을 수 있을 거예요. 그 말을 들은 나는 심장이 얼어붙는 것 같았다. 나는 놀라서 이렇게 대꾸했다. 그럴 필요 없소. 난 똑같은 아이를 원한다오. 절망을 겪지도 싸움도 벌이지도 나쁜 기억을 갖지도 않은 바로 그 아이를 원하오. 수화기 너머로 잠시 침묵이 흘렀다. 마침내 순종하는 목소리가 흘러나왔지만, 그냥 스스로에게 되뇌는 소리 같았다. 알았어요, 이런 게 바로 의사들이 말하는 노인네의 치매 증상인가 보네요.

나는 어떤 질문도 던지지 않는 신기한 미덕을 지닌 것으로 알려진 운전사와 함께 밤 10시에 그곳으로 갔다. 휴대용 선풍기와 '피구리타'라고 불리던 사랑스러운 오를란도 리베라\*의 그림 한 점을 비롯해, 그 그림을 걸기

---

\* '바랑키야 그룹' 혹은 '동굴 그룹'에 속했던 유명한 화가.

위한 망치와 못도 가져갔다. 가는 도중에 나는 차를 멈추게 하고서 칫솔과 치약, 화장비누, 플로리다 수(水),* 그리고 감초로 만든 알약을 샀다. 또한 멋진 꽃병과 노란 장미 한 다발을 가져가서 종이꽃 같은 소녀에게 사랑을 고백하려고 했지만, 꽃집이 모두 문을 닫아버려서 어쩔 수 없이 남의 정원에서 갓 피어난 아스트로멜리아** 한 송이를 훔쳐야만 했다.

여주인의 지시에 따라 그날부터 나는 수로 쪽에 있는 뒷골목을 통해 그 집에 도착했다. 그래야만 채소밭을 지나 뒷문으로 들어가는 것을 아무에게도 들키지 않을 수 있었다. 운전사는 내게 미리 주의를 주었다. 조심하세요, 그 집에서는 사람이 죽어나가는 일이 다반사예요. 그래서 나는 사랑 때문에 죽는다면 상관없다오, 라고 대답했다. 마당은 어둠에 잠겨 있었지만, 창문에서는 삶의 불빛이 새어나오고 있었고, 여섯 개의 손님방에서는 음악 소리가 뒤섞여 흘러나오고 있었다. 내 방에서 나오는 소리가 제일 컸는데 라틴 아메리카의 테너로 일컬어지

---

* 오드콜로뉴와 비슷한 향수.
** 흔히 '여왕의 꽃'이라고 불리며, 아름다운 빨간 꽃을 피운다.

는 페드로 바르가스*가 따스한 목소리로 부르는 미겔 마타모로스**의 볼레로였다. 그걸 안 순간 나는 내가 죽으리라는 것을 느꼈다. 그러자 자제심을 잃었고 거친 숨을 몰아쉬면서 방문을 밀어젖혔다. 침대에 누워 있는 델가디나를 보았다. 그녀는 내가 기억 속에 간직하고 있는 모습 그대로 벌거벗은 채 고른 숨을 내쉬며 평화롭게 잠들어 있었다.

침대에 눕기 전에 나는 화장대를 정리하고, 녹슨 선풍기 대신 내가 가져간 선풍기를 올려놓았다. 그리고 침대에 누운 그녀가 바라볼 수 있는 장소에 그림을 걸었다. 나는 그녀 옆에 누웠고, 조금씩 그녀를 알아보고 있었다. 우리 집에 있었던 바로 그 소녀였다. 어둠 속에서 내가 만져보았던 바로 그 손이었고, 고양이의 발걸음같이 소리 없이 걷던 바로 그 발이었으며, 내 침대 시트에 배어 있던 그 땀 냄새였고, 골무를 끼고 있던 그 손가락이었다. 믿을 수 없는 일이었다. 그녀의 벌거벗은 몸을 보고 만지는 동안, 나는 현실이라기보다는 차라리 내 기억

---

\* 멕시코의 가수.
\*\* 쿠바에서 가장 유명한 대중음악 작곡가.

속에 있는 것 같았다.

앞에 보이는 벽에 그림이 한 점 있어. 나는 속삭였다. 피구리타가 그린 그림이란다. 우리의 사랑을 많이 받은 사창가 최고의 춤꾼이었지. 그는 너무나 마음씨가 착해서 악마조차도 감히 어떻게 할 수 없었어. 산타 마르타의 시에라네바다 산맥에 추락한 비행기에서 꺼낸 시커멓게 그을린 캔버스에다 배에 바르는 콜타르로 그림을 그렸지. 자기가 기르는 개에서 털을 뽑아서 손수 붓을 만들었단다. 그는 수녀원에서 납치해 온 처녀와 결혼했는데, 이 그림은 바로 그 수녀를 그린 거야. 그림을 여기에 놓아둘게. 그럼 네가 눈을 뜨자마자 볼 수 있겠지.

새벽 1시에 내가 불을 끌 때까지 그녀는 자세를 바꾸지 않았다. 그녀의 호흡이 너무나 고요하자 나는 그녀가 살아 있는지 느끼고 싶어져 맥박을 확인했다. 피는 그녀의 육체 가운데 가장 은밀한 부분까지 퍼져나갔다가 사랑으로 정제되어 심장으로 되돌아오고 있었다.

새벽에 그곳을 떠나기 전에, 나는 종이에 그녀의 손금을 그렸다. 그리고 디바 사이비에게 보여주며 그녀의 영혼에 대해 알려달라고 했다. 손금 풀이는 이랬다. '생각하는 것만을 말하는 사람이야. 손으로 하는 일이 잘 맞겠군. 죽은 사람과 접촉하고 있는데, 그 사람에게 도움을 청하고 있어. 하지만 그건 실수야. 그녀가 필요로 하는 도움은 손을 뻗으면 닿을 만한 곳에 있어. 한 번도 관계를 갖지 않지만, 결혼을 하고 나이가 들어 죽을 거야. 지금은 까무잡잡한 남자가 있는데, 평생 함께 살 남자는 아니야. 아이는 여덟 명을 가질 수 있지만, 세 명만 갖겠다고 결심하겠군. 머리가 아니라 마음이 시키는 대로만 한다면, 서른다섯 살에는 상당한 돈을 거머쥐고 마흔 살에는 유산을 받게 되겠어. 많은 곳을 돌아다니며 여행을 하겠군. 두 가지 인생과 두 가지 행운을 타고났는데, 스스로 자신의 운명을 좌지우지하게 될 거야. 호기심이 많아서 모든 것을 시험해 보고 싶어 하지만, 마음이 이끄는 대로 하지 않으면 후회하게 될 거야.'

사랑의 괴로움을 잊기 위해 나는 폭풍으로 망가진 곳들을 수리했고, 내친김에 게으르거나 아니면 돈이 없어서 오래전부터 미루어왔던 다른 많은 것들을 고쳤다. 그리고 서재의 책들을 내가 읽은 순서대로 다시 꽂아 정리했다. 마지막으로 클래식 악보가 백 개 가까이 들어가 있던 역사적 유품인 피아놀라를 팔아버리고, 중고이긴 해도 원래 갖고 있던 것보다 좋은 전축을 구입했다.

원음을 그대로 재생하는 스피커 덕택에 집 안 분위기는 한층 근사해졌다. 나는 거의 파산 직전이 되었지만, 내 나이에 살아 있다는 것만으로도 기적이므로 그에 대한 보상으로는 충분했다.

집은 잿더미에서 다시 태어나고 있었고, 나는 예전에는 미처 알지 못했던 강렬함과 행복감을 느끼며 델가디나의 사랑 속에서 항해하고 있었다. 그녀 덕택에 나는 구십 평생 처음으로 나의 타고난 성격을 알게 되었다. 각각의 물건은 그것이 있어야 할 자리에 있어야 하며, 각각의 일은 일의 성격에 맞는 시간에 처리해야 하고, 각각의 단어는 그 나름의 적절한 문체가 있다는 나의 강박관념은 질서 정연한 정신에게 주어지는 상이 아니라, 내가 근본적으로 무질서하다는 것을 숨기기 위해 스스로 만들어낸 위장술이었던 것이다. 또 매일 규칙적으로 생활하는 것도 미덕이 아니라 게으름에 대한 반작용이었다. 야박한 심성을 숨기기 위해 인자한 척하고, 그릇된 판단을 숨기기 위해 신중한 척하고, 쌓인 분노가 폭발할까 봐 화해를 청하며, 타인의 시간에는 무관심하다는 걸 들키지 않으려고 시간을 엄수한다는 사실도 깨달았다. 그리고 사랑은 영혼의 상태가 아니라 별자리 기호라는 것도 알게 되었다.

나는 다른 사람이 되었다. 사춘기 시절, 나의 길잡이가 되어주었던 고전들을 다시 읽어보려고 했지만, 아무리 찾아도 책들이 눈에 띄지 않았다. 대신 어머니가 억지로 읽게 시켰을 때도 거들떠보지 않았던 낭만주의 문학에 빠져 들었다. 그 작품들을 통해서 세상을 앞으로 나아가게 만드는 보이지 않는 힘은 행복한 사랑이 아니라 버림받은 사랑임을 알게 되었다. 음악 취향에도 커다란 변화가 생기면서 내가 뒤처지고 늙은 사람임을 깨달았고 우연의 환희를 향해 마음을 열게 되었다.

나는 스스로 부추겼으면서도 동시에 두려워했던 무한한 흥분 상태에 굴복할 수 있었을지 자문해 보았다. 나는 방황하는 구름 사이를 떠돌았고, 내가 누구인지 확인해 보겠다는 헛된 꿈으로 거울 앞에서 나 자신과 대화를 나누었다. 어찌나 정신이 없었는지, 돌과 화염병으로 무장한 학생 시위대에 끼어서 나의 진실을 고스란히 드러내는 "나는 사랑에 미쳤다."라는 플래카드를 들고 앞장서지 않기 위해 쇠약한 몸에서 남은 힘을 모두 짜내 싸워야 했다.

무자비하게 떠오르는 잠든 델가디나의 모습에 눈이

멀어버린 나는 아무런 악의도 없이 일요 칼럼의 정신을 바꾸었다. 일이야 어찌되었든 나는 그녀를 위해 글을 쓰면서 그녀를 위해 웃고 울었으며, 단어를 하나씩 적어 나갈 때마다 내 인생도 흘러갔다. 평생토록 고수해 왔던 전통적인 만평 형식 대신에 연애편지 형식의 칼럼을 써서, 어떤 독자라도 그걸 자신의 연애편지로 만들 수 있도록 했다. 나는 내 글을 라이노타이프 서체로만 인쇄하지 말고, 멋들어진 필기체로 써달라고 신문사에 요청했다. 물론 편집장은 그것을 늙은이의 허영심이 불러일으킨 발작에 불과하다고 생각했지만, 사장은 한마디로 그를 설득시켰다. 그 말은 아직까지도 편집부 사무실 구석구석을 떠돌고 있다.

"착각하지 마시오. 유순한 광인이 미래를 앞서 나가는 법이오."

독자들의 반응은 즉각적이고 열광적이었다. 사랑에 빠진 독자들의 편지가 수없이 쏟아져 들어왔다. 라디오 뉴스 시간에 내 칼럼이 속보로 다루어지는가 하면, 등사기나 카본지로 복사되어 산 블라스 거리 모퉁이에서 밀수 담배처럼 팔리기도 했다. 처음부터 그것은 내 마음을 표현하고 싶은 갈망에 철저히 따른 것이지만, 글을 쓸 때

그걸 의식하고 염두에 두는 습관이 새로이 생겼고, 나이는 아흔 살이지만 늙은이처럼 생각하지 않는 남자의 목소리로 쓰려고 늘 애썼다. 언제나 그래왔듯이 지식인 사회는 이런 현상을 개탄하며 논쟁을 벌였고, 심지어는 엉뚱한 필적학자들까지 가세하여 내 필체를 분석해 대는 해프닝을 벌였다. 바로 그들이 여론을 분열시키고 논쟁을 가열시키며 노스텔지어를 유행시킨 장본인이었다.

그해가 끝나기 전에 나는 델가디나의 방에 전기 환풍기와 화장대에 놓을 물건들, 그 밖에 그 방을 기거할 만한 곳으로 만드는 데 필요한 물건들을 계속 가져다 놓기로 로사 카바르카스와 약속했다. 나는 언제나 정각 10시가 되면 델가디나에게 줄 새로운 물건이나 우리 두 사람의 취향에 맞는 것들을 들고 도착해서는, 숨겨두었던 소품을 꺼내 우리가 함께 보낼 밤을 위한 무대를 만들곤 했다. 나는 절대로 5시를 넘기지 않고 자리를 떴으며, 떠나기 전에는 늘 모든 것을 다시 확실하게 보관해 두었다. 그러면 방은 우연히 그곳에 들게 된 손님의 슬픈 사랑을 위한 장소로 되돌아가 지저분하고 누추해졌다. 어느 날 아침 나는 새벽부터 라디오에서 가장 많이 들리는 목소리의 주인공인 마르코스 페레스가 월요일 뉴스에서 내 일요 칼럼을 읽기로 했다고 얘기하는 것을 들었다. 토할 것 같은 기분을 가까스로 억누르고 몸을 떨면서 나는 중얼거렸다. 델가디나, 이제 너도 알겠지? 유명해진다는 건, 누군가와 잠을 자지 않아도, 잠에서 깨어나면 항상 침대 위에서 우리를 쳐다보고 있는 저 뚱뚱한 여자의 시선을 느끼는 것과 같아.

그러던 어느 날 나는 로사 카바르카스와 아침을 먹기로 했다. 그녀는 이루 말할 수 없이 새까만 상복 차림에 눈썹까지 내려오는 까만 보닛을 쓰고 있었지만, 별로 늙어 보이지는 않았다. 그녀의 아침 식사는 눈물이 날 정도로 후추를 듬뿍 넣은 근사한 음식으로 유명했다. 활활 타오르는 불덩이 같은 음식을 한입 베어 물자마자 눈물로 범벅이 된 나는, 오늘 밤에는 틀림없이 보름달이 뜰 테고 내 엉덩이도 불타오르겠구려, 하고 말했다. 그러자 그녀가 대꾸했다. 너무 슬퍼하지 마요. 엉덩이가 뜨거워진다는 건, 하느님 덕택에 당신이 아직까지 식지 않았다는 뜻이니까.

내가 델가디나라는 이름을 입에 올리자 그녀는 소스라치게 놀랐다. 그런 이름이 아니에요, 그 아이 이름은……. 나는 그녀의 말허리를 잘랐다. 그런 소릴랑은 마시오. 내게는 델가디나니까. 그녀는 어깨를 으쓱해 보이고는 말했다. 알았어요, 어쨌든 당신 여자니까. 하지만 내가 듣기에는 무슨 이뇨제 이름 같네요. 나는 소녀가 거울에 적어 놓은 호랑이에 관한 글 얘기를 꺼냈다. 그러자 그녀는 반박했다. 그 아이일 리가 없어요, 그 아이는 글을 읽을 줄도 쓸 줄도 모른다고요. 그럼 누가 썼겠소? 내가 되물었다. 그녀는 또 한 번 어깨를 으쓱해 보였다. 그 방에서 죽은 사람이 썼나 보죠.

나는 그날 아침 식사를 나누면서 로사 카바르카스에게 답답한 내 마음을 하소연했고, 델가디나가 좋은 얼굴로 잘 지낼 수 있게 조금만이라도 돌봐달라고 부탁했다. 그녀는 여학생처럼 짓궂은 표정을 짓더니 생각해 보지도 않고 단박에 그러겠노라고 했다. 그러면서 중얼거렸다. 정말 재밌네! 꼭 나더러 결혼 승낙을 해달라는 것 같군. 그렇게 말하다 불현듯 생각이 떠올랐는지, 그렇게 신경이 쓰이면 아예 그 아이와 결혼하는 건 어때요? 하고 물었다. 그 말을 듣자 나는 정신을 차릴 수 없었다. 하지만 그녀는 고집스럽게 되풀이했다. 진지하게 하는 말이에요. 당신에겐 그게 더 싸게 먹힐 걸요. 어쨌거나 당신 나이가 되면 쓸 만한지 아닌지가 늘 관건인데,

당신은 아직 쓸 만하다고 당신 입으로 말했잖아요. 나는 그녀의 말을 가로막으며, 섹스란 사랑을 얻지 못할 때 가지는 위안에 불과하다오, 하고 말했다.

그녀는 웃음을 터뜨렸다. 이런, 현자 양반. 난 당신이 아주 남자답다는 걸 알고 있었고, 실제로도 늘 그랬지요. 그리고 적들이 무기를 던지고 투항하는 동안에도 여전히 당신은 남자답다는 사실이 정말 기뻐요. 사람들이 당신에 관해 그토록 많은 얘기를 하는 데는 다 그럴 만한 까닭이 있는 거죠. 마르코스 페레스의 뉴스 들었어요? 나는 그녀가 더 이상 그에 대해 말을 꺼내지 못하도록, 모든 사람이 그 라디오 프로그램을 듣고 있소, 라고 대꾸했다. 하지만 그녀는 내 말은 아랑곳하지 않고 계속했다. 어제는 「세상만사, 잠깐 이야기해 봅시다」라는 프로그램에 나온 카마초 이 카노 교수가 그러더군요. 세상이 예전과는 많이 달라졌는데, 그건 다 당신 같은 남자가 여전히 남아 있기 때문이라고.

그 주말에 델가디나를 만났다. 그녀는 기침과 고열에 시달리고 있었다. 나는 로사 카바르카스를 깨워 집에 있는 약을 달라고 했다. 그녀는 구급상자를 방으로 가져왔다. 이틀 후에도 델가디나는 기운을 차리지 못했고, 단추를 다는 일상으로 돌아가지도 못하고 있었다. 의사는 일주일이면 나을 흔한 독감이라며 민간요법을 처방했지만, 그녀의 극심한 영양실조 상태에 대해서는 놀라움을 표시했다. 나는 그녀를 보러 가는 걸 자제했다. 그러자 나에게 그녀의 존재가 얼마나 절대적인가를 절실하게 느꼈다. 그리고 이참에 그녀가 없는 방을 정리하기로 마음먹었다.

나는 알바로 세페다의 단편집 『우리 모두가 기다리고 있었다』에 그려 넣었던 세실리아 포라스의 삽화 하나와, 잠 못 이루는 나의 밤을 위한 먹이로 로맹 롤랑의 여섯 권짜리 장편소설 『장 크리스토프』*를 가져갔다. 그래서 델가디나가 방으로 돌아왔을 때는 집 안에 틀어박히는 일의 즐거움을 만끽할 수 있도록 변모된 환경을 발견할 수 있었다. 방 안에는 향기로운 방향제 냄새가 떠돌았고, 벽은 핑크빛으로 칠해져 있었으며, 등불도 핑크빛이었고, 꽃병에는 싱싱한 꽃들이 꽂혀 있었으며, 내가 좋아하는 책들이 놓여 있고, 우리 어머니의 훌륭

---

\* 로맹 롤랑이 1904년부터 1912년 사이에 집필한 소설로 프랑스에 '대하소설'을 도입한 작품이다.

한 그림들이 요즘 취향에 어울리는 방식으로 걸려 있었다. 그리고 낡은 라디오 대신 교양 있는 음악 프로그램에 주파수가 맞추어진 단파 라디오를 가져다 놓아 델가디나는 모차르트의 사중주를 들으며 잠잘 수 있었다. 그러나 어느 날 밤 나는 유행하는 볼레로만 들려주는 방송 프로를 발견했다. 의심할 나위 없이 볼레로는 그녀의 취향이었고, 나는 아무런 고통 없이 그 사실을 받아들였다. 나 자신도 한창때는 마음속으로 그 음악을 듣는 훈련을 하기도 했었으니까. 이튿날 집으로 돌아가기 전에 나는 거울에다 립스틱으로 이렇게 적었다. "나의 소녀여, 우리는 이 세상에 단둘이다."

그 무렵 나는 그녀가 나이보다 성숙해지고 있다는 묘한 인상을 받았다. 그런 느낌을 로사 카바르카스에게 이야기했지만, 그녀는 그저 자연스러운 것으로 여겼다. 12월 5일이면 열다섯 살이 돼요. 완벽한 사수자리지요, 라고 그녀는 말했다. 나의 소녀가 곧 생일을 맞는다는 말에 나는 두근거리는 마음으로, 무슨 선물을 하는 게 좋겠소? 하고 물었다. 자전거요, 라고 로사 카바르카스는 말했다. 단추를 달러 갔다 오려면 하루에 두 번씩 시내를 가로질러야 하거든요. 그러면서 점포 뒷방에서 소녀가 사용하는 자전거를 꺼내 보여주었다. 정말이지 내가 그토록 사랑하는 여인에게는 걸맞지 않은 허섭스레기처럼 보였다. 그러나 동시에 델가디나가 실제의 삶 속에 존재하고 있다는 분명한 증거로 느껴져 감격스럽기도 했다.

델가디나에게 선물할 제일 좋은 자전거를 사러 갔을 때, 나는 그걸 타보고 싶은 유혹을 떨쳐버리지 못하고 가게 주변의 완만한 오르막길을 몇 바퀴 오르내렸다. 자전거포 점원이 내 나이를 물었다. 나는 아양 떠는 늙은이처럼, 곧 아흔한 살이 되네, 하고 대답했다. 그러자 점원은 내가 듣고 싶은 바로 그 말을 했다. 스무 살은 젊어 보이십니다. 나 자신도 학창 시절에 익혔던 자전거 타는 기술을 어떻게 아직까지 잊어버리지 않았는지 신기했고, 찬란한 희열이 복받쳐 오는 걸 느꼈다. 나는 노래를 부르기 시작했다. 처음에는 내 귀에만 들릴 정도로 나지막이 흥얼거리다가, 나중에는 시장의 잡다한 상점들 사이로 경적을 울리며 미친 듯이 지나가는 자동차들 속을 누비며 위대한 카루소처럼 자랑스럽게 목청껏 노래를 불렀다. 사람들은 재미있다는 표정으로 나를 보고는 '휠체어 콜롬비아 일주'에 참가하라고 소리를 지르며 부추겼다. 나는 노래를 멈추지 않은 채 행복한 항해자처럼 그들에게 손을 흔들어주었다. 12월을 기리기 위해 나는 그 주에 "아흔 살에 자전거를 타면서 행복해지는 법"이라는 과감한 칼럼을 썼다.

델가디나의 생일날 밤 나는 그녀에게 노래 한 곡을 처음부터 끝까지 들려주었고, 기운이 빠질 때까지 그녀의 온몸에 키스했다. 척추 뼈마디 하나하나마다에, 녹작지근한 엉덩이에, 흉터가 있는 옆구리에, 쉬지 않고 고동치는 가슴에 입을 맞췄다. 키스가 더해질 때마다 그녀의 몸은 뜨거워지며 산간벽지의 향기를 뿜어냈다. 그리고 피부 아래쪽에서 다시금 몸을 떠는 것으로 나에게 화답했다. 나는 그녀의 몸이 구석구석에 따라 온도를 바꾸고 독특한 향을 발산하고 새로운 신음 소리를 내는 것을 보았다. 그녀의 몸 전체가 아르페지오를 이루어 안쪽으로부터 울려 퍼졌고, 젖가슴은 손을 대지도 않았건만 활짝 피어났다. 새벽녘이 되자 나는 꾸벅꾸벅 졸기 시작했는데, 바다에서 사람들이 웅성거리는 것 같은 소리와 내 가슴을 관통한 나무들의 공포에 질린 소리가 느껴졌다. 나는 화장실로 가서 거울에 "내 목숨 같은 델가디나. 크리스마스의 산들바람이 도착했어."라고 적었다.

나의 가장 행복한 기억 중 하나는 그날과 같은 어느 아침에 학교를 나서면서 느꼈던 혼란스러움이었다. 도대체 내가 왜 이러는 거예요? 하고 나는 물었다. 그러자 여선생님은 말했다. 얘야, 산들바람 때문이라는 걸 모르겠니? 팔십 년 뒤에, 델가디나의 침대에서 눈을 뜨면서 나는 또다시 그런 느낌을 받았다. 맑은 하늘과 모래 바람, 집들의 지붕을 날려버리고 여학생들의 치마를 들춰올리는 거리의 회오리바람과 함께 어김없이 돌아오는 바로 그 12월이었다. 그즈음이 되면 도시는 귀신 같은 울림 소리를 내곤 했다. 산들바람이 불어오는 밤이면 가장 높은 곳에 자리한 동네에서도 시장 상인들이 외치는 소리가 바로 동네 어귀에서 그러듯이 가깝게 들렸다. 그 당시 우리는 12월의 돌풍 덕택에 멀리 떨어진 사창가에 뿔뿔이 흩어져 있던 친구들을 목소리만 듣고 찾아낼 수 있었는데, 그때는 그게 조금도 이상한 일이 아니었다.

그러나 또한 산들바람과 함께 델가디나가 크리스마스를 내가 아니라 가족과 함께 보낼 거라는 좋지 않은 소식도 들려왔다. 이 세상에서 내가 증오하는 것이 있다면, 그것은 기쁨을 이기지 못해 눈물을 흘리는 사람들, 불꽃놀이, 어리석기 그지없는 크리스마스 캐럴, 2500년 전에 초라한 마구간에서 태어난 아기와는 전혀 상관 없이 실크 종이로 만든 화관으로 뒤덮인 의무적인 축제다. 그러나 밤이 되자 밀려드는 노스탤지어를 거스르지 못한 나는 그녀가 없는 방으로 갔고, 그곳에서 편안히 잠을 잤다. 눈을 떴을 때, 내 옆에는 북극곰처럼 두 발로 걸어 다닐 것만 같은 벨벳으로 만든 곰 인형 하나와 "못생긴 아빠에게."라고 적힌 카드가 놓여 있었다. 델가디나가 거울에 쓰인 나의 글을 보며 글자를 깨우치고 있다고 로사 카바르카스는 말해 주었고, 내가 보기에 그녀의 훌륭한 글씨체는 감탄을 자아낼 만했다. 그러나 그녀는 그 곰도 자신이 준 선물이라는 최악의 소식으로 나를 실망시켰다. 그래서 새해를 맞는 밤, 나는 저녁 8시부터 내 집의 내 침대에 누웠고, 비통함을 느끼지도 못한 채 잠을 잤다. 나는 행복했다. 왜냐하면 12시가 되자 성난 듯이 울려대는 종소리와 공장과 소방서의 사이렌 소리, 배들이 내뿜는 처량한 신음 소리와 폭죽이 터지는 소리들 사이로 델가디나가 살며시 방 안으로 들어와 내 옆에 누워서 내게 키스를 해주는 것을 느꼈기 때문이었다. 그것은 너무나 현실 같아서, 내 입 안에는 그녀의 감초 향내가 감돌고 있었다.

# 4

새해가 시작되면서 우리는 함께 살며 함께 잠을 깨는 사람들처럼 서로를 잘 알게 되었다. 나는 그녀가 눈을 뜨지 않고도 들을 수 있도록 나직한 목소리로 이야기하는 법을 터득했고, 그녀는 그런 내게 육체라는 자연 언어로 화답했다. 그녀의 상태 변화는 잠자는 모습을 통해 뚜렷이 드러났다. 처음에는 피곤에 지쳐 까칠했지만 마음의 평화를 얻어가면서 얼굴은 아름다워지고 잠도 깊이 들었다. 나는 내 인생 이야기를 들려주고, 그녀의 귓가에 일요 칼럼의 초고를 읽어주었다. 그녀의 이름을 언급하지는 않았지만 오직 그녀만이 존재하는 바로 그 칼럼을.

그즈음 나는 그녀의 베개에 내 어머니의 유품인 에메랄드 귀고리 한 쌍을 놔두었다. 그녀는 다음번 만남에 그 귀고리를 달고 왔지만, 썩 어울리지는 않았다. 그 후에 그녀의 피부색에 더 잘 어울리는 귀고리를 가져갔다. 그리고 이렇게 말해 주었다. 처음에 가져간 귀고리는 네 얼굴색이나 머리 모양과는 별로 어울리지 않았어. 이게 훨씬 나을 거야. 그 뒤로 두 번 만나는 동안 그녀는 내가 골라준 귀고리를 달지 않았지만 세 번째에는 달고 왔다. 나는 그녀가 나의 지시에 무조건 따르지는 않지만 나를 기쁘게 해줄 기회를 기다리고 있었다는 걸 깨달았다. 그런 가정 생활이 너무나 자연스럽게 생각되어 나는 벌거벗고 자는 대신 중국산 실크 파자마를 가져가 입었다. 벗겨줄 사람이 생길 때까지 입지 않기로 작정했던 잠옷이었다.

나는 프랑스에서보다 다른 나라들에서 더욱 사랑받는 프랑스 작가 생텍쥐페리의 『어린 왕자』를 읽어주기 시작했다. 처음으로 그녀는 잠을 깨지 않은 채 몹시 즐거워했다. 덕분에 나는 그 책을 끝까지 읽어주기 위해 이틀 연속으로 가야 했다. 이후 우리는 페로의 『동화집』,

『성경』, 아이들이 읽을 수 있도록 순화된 판본의 『아라비안나이트』를 읽었고, 서로 다른 성격을 띤 이 작품들을 통해 나는 책이 그녀의 마음에 드는 정도에 따라 잠의 깊이도 달라진다는 것을 알았다. 그녀가 깊이 잠들었다고 느껴지면, 나는 불을 끄고 새벽에 수탉이 울 때까지 그녀를 껴안고 잤다.

너무나 행복한 나머지 나는 아주 부드럽게 그녀의 눈꺼풀에 키스를 했다. 그러자 어느 날 밤, 하늘에서 한줄기 빛이 내려온 것과 같은 일이 일어났다. 그녀가 처음으로 웃은 것이다. 그리고 한참 후 아무런 이유도 없이 몸을 뒤척이더니 못마땅한 듯이 중얼거렸다. 달팽이들을 울린 사람은 이사벨이었어요. 나는 그녀와 대화를 나눌 수도 있으리라는 환상에 흥분해서, 같은 어조로 물어보았다. 그게 누구 것이었는데? 하지만 그녀는 묵묵부답이었다. 그녀의 목소리에는 천격스러운 억양이 있었는데, 그건 마치 그녀가 아니라 그녀 안에 있는 누군가 다른 사람의 목소리 같았다. 그러자 내 영혼에 드리워졌던 온갖 의혹의 그늘이 말끔히 걷혔다. 나는 잠들어 있는 그녀를 더 사랑하고 있었다.

나의 유일한 골칫거리는 고양이였다. 고양이는 제대

로 먹지도 않고 사람을 피해 다녔으며, 늘 처박혀 있는 구석자리에 들어가 이틀째 고개조차 들지 않고 있었다. 그래서 나는 다미아나가 수의사에게 데려가도록 대나무 바구니에 넣으려 했다. 그러자 녀석이 상처 입은 맹수처럼 나를 할퀴었다. 다미아나는 가까스로 고양이를 바구니에 넣은 뒤, 바구니를 용설란 줄기로 짠 자루에 담아 휘청휘청 걸어갔다. 잠시 후 사육장에서 전화를 걸어와서는, 희생시키는 것 말고는 다른 수가 없는데, 그러려면 내 허락이 필요하다고 했다. 왜 그렇다던가? 내 물음에 다미아나는 너무 늙었대요, 라고 했다. 그 말을 듣자 화가 치밀어 올랐다. 나 역시 고양이 화덕에 산 채로 구워질 수 있겠다는 생각이 들었다. 나는 결정을 내릴 수 없었다. 고양이를 사랑하는 법은 배우지 못했지만, 늙었다는 이유만으로 죽여버리라고 할 만큼 냉정하지도 못했던 것이다. 이럴 때는 어떻게 해야 한다고 설명서 어디에 나와 있는 건가?

그 사건으로 심한 충격을 받은 나는 네루다의 시에서 훔쳐온 "고양이는 가장 작은 애완용 호랑이인가?"라는 제목으로 일요 칼럼을 썼다. 이 칼럼은 독자들에게 또다시 고양이의 최후를 놓고 새로운 찬반 논쟁을 불러일으켰다. 닷새 후 공중위생을 위해 고양이를 죽이는 것은 정당하지만, 늙었다는 이유로 죽이는 것은 그렇지 않다는 의견이 우세한 것으로 드러났다.

어머니가 돌아가신 뒤로 나는 자고 있는 동안 누군가가 나를 건드릴지도 모른다는 두려움 때문에 쉽사리 잠을 이루지 못하곤 했다. 그러던 어느 날 밤, 또 한 번 그런 느낌을 받았지만, "피글리오 미오 포베레토."*라고 속삭이는 어머니의 목소리를 듣고 나서 마음의 평화를 되찾을 수 있었다. 그런데 어느 새벽 델가디나의 방에서 다시 그 느낌을 받았고, 그녀가 나를 건드렸다고 믿고는 너무나 기뻐 몸을 배배 꼬았다. 하지만 그녀가 아니었다. 어둠 속에서 나를 건드린 사람은 로사 카바르카스였다. 옷을 입고 나를 따라와요. 아주 심각한 문제가 생겼어요, 라고 그녀는 말했다.

사실이었다. 내가 상상했던 것보다 훨씬 심각한 문제였다. 그 집의 중요한 고객 중 하나가 별채의 첫 번째 방에서 칼로 난자당해 살해되었던 것이었다. 살인자는 이미 도망치고 없었다. 커다란 시체는 벌거벗은 상태였

---

* '불쌍한 우리 아들'이라는 뜻의 이탈리아어.

으나 신발은 신고 있었다. 피로 흥건히 젖은 침대에 누워 있는 사내는 삶은 닭처럼 창백했다. 방에 들어서자마자 나는 그가 누구인지 알아보았다. 세련된 매너와 다정한 성격, 남다른 패션 감각으로 유명하고, 특히 가정에 충실하기로 소문난 거물급 은행가 J. M. B.였다. 목에는 벌어진 입술 같은 붉은 칼집이 커다랗게 나 있었고, 배에는 도랑이 파였는데, 여전히 피가 흘러내리고 있었다. 시체는 아직 사후 경직이 시작되지 않은 상태였다. 나에게 충격적이었던 것은 그 상처보다도 그가 피임구를 착용하고 있다는 사실이었다. 내가 보기에는 죽으면서 성기가 기운을 잃은 탓에 써보지도 못한 것 같았다.

로사 카바르카스는 그가 누구와 왔는지 알지 못했다. 그 역시 나처럼 채소밭의 뒷문으로 들어올 특권이 있었기 때문이다. 나는 그의 파트너가 남자였을 거라는 의혹을 떨쳐버릴 수 없었다. 여주인이 내게 바란 유일한 것은 시체에게 옷을 입힐 수 있게 도와달라는 것이었다. 그녀가 전혀 동요하지 않았기에, 나는 죽음이 그녀에게는 주방일과 같은 것일지도 모른다고 생각하면서 불안에 떨었다. 죽은 사람에게 옷을 입히는 것보다 힘든 일은 없소, 라고 내가 말하자 그녀는, 나는 신물이 날 정도로 해봤어요, 라고 했다. 옆 사람이 잘 잡아만 주면 아주 쉬워요. 그 말에 나는 대꾸했다. 영국 신사의 말끔한 양복 속에 칼로 난자당한 몸이 있다고 그 누가 믿겠소?

델가디나가 걱정되어 몸이 떨렸다. 당신이 데려가는 게 좋을 것 같아요, 하고 로사 카바르카스가 말했다. 시체부터 먼저 처리하십시다. 나는 입술을 바들바들 떨면서 대답했다. 그녀는 내가 떨고 있는 것을 알아차리고는 경멸을 담은 목소리로 외쳤다. 떨고 있군요! 나는 델가디나 때문이라고 했지만, 그것은 절반만 사실이었다. 누가 오기 전에 얼른 떠나라고 그녀에게 알려주시오. 알았어요, 당신은 기자니까 아무 일 없을 거예요. 당신도 아무 일 없을 거요. 나는 다소 앙심을 품은 목소리로 덧붙였다. 당신은 이 정부에서 명령을 내릴 수 있는 유일한 자유당원이잖소.

이 도시는 본래 안전하고 평화로운 곳이었지만, 이를 시샘이라도 하듯 해마다 잔인하고 불명예스러운 살인 사건이 한번씩 터지는 불행이 따라다녔다. 그러나 그 사건은 그렇지 않았다. 제목만 거창하고 내용은 보잘것없는 공식 뉴스는 젊은 은행가가 프라도마르의 도로에서 습격을 받아 칼에 찔려 죽었으나 범행 동기는 알려지지 않았고, 그에게는 원한을 살 만한 사람이 없었다고 전했다. 정부 발표는 내륙 지방의 피난민들을 살인 용의자로 지목하고 있었다. 그들은 우리 도시의 시민 정신에 어긋나는 비행을 무차별적으로 저지르고 다녔다. 사건이 접수된 지 몇 시간 만에 오십여 명이 체포되었다.

나는 놀란 가슴을 달래며 사법부 담당 기자에게 달려갔다. 그는 초록색 플라스틱 챙이 달린 모자를 쓰고 팔에는 토시를 낀 차림이었다. 갓 스무 살에 전형적인 기자의 분위기를 풍기는 그는 사건의 내막을 추론할 수 있다고 자부했지만 이번 범죄에 대해서는 파편적인 사실들만 알고 있었다. 나는 사건 현장에 있었다는 사실을 숨긴 채 그가 그려낸 정황을 완전하게 만들어주었다. 그렇게 우리는 신문 1면의 8단 기사에 해당하는 다섯 장의 원고를 썼다. 전적으로 우리의 믿음에 기초한 것이었지만, 영원히 밝혀지지 않을 환영에게서 출처를 얻은 것처럼 작성되었다. 그러나 '얄미운 9시 인간'인 검열관은 눈 하나 깜빡하지 않고 자유당 악당들이 공격했다고 하는 공식 판본을 게재하라고 강요했다. 나는 금세기에 있었던 장례식 중 가장 사람이 많이 몰렸지만 가장 냉소적이었던 장례식에서처럼 슬픈 표정을 지으며, 양심을 세탁해 버렸다.

그날 밤 집에 돌아와 델가디나가 어떻게 되었는지 확인하기 위해 로사 카바르카스에게 전화를 걸었지만 나흘 동안 아무도 전화를 받지 않았다. 닷새째 되는 날, 나는 이를 악물고 그 집을 찾아갔다. 문에는 딱지가 붙어 있었지만 경찰이 아니라 보건성에서 붙인 것이었다. 이웃에 사는 사람에게서도 아무런 소식을 들을 수 없었다. 델가디나의 흔적을 전혀 찾을 수 없자, 나는 눈에 핏발을 세우고 그녀를 찾아다녔고, 때로는 얼토당토않은 곳을 헤매다가 기진맥진하곤 했다. 며칠 동안 먼지 가득한 공원의 벤치에 앉아, 꼬마들이 칠 벗겨진 시몬 볼리바르의 동상 위로 기어 올라가 장난을 치는 모습과, 젊은 여자들이 자전거 타는 모습을 지켜보면서 지냈다. 날렵하게 페달을 밟으며 지나가는 처녀들은 마치 암사슴 같았다. 그녀들은 아름답고 자유로웠으며 숨바꼭질의 술래가 될 준비가 되어 있었다. 모든 희망이 사라지자, 난 평화로운 볼레로 속으로 도망쳤다. 그것은 마치 독이 든 음료와 같았다. 가사 하나하나가 바로 그녀였던 것이다. 이제까지 나는 아주 조용해야만 글을 쓸 수 있었는데, 그러지 않으면 글보다는 음악에 마음을 빼앗기곤 하기 때문이었다. 그러나 그때는 정반대였다. 볼레로의 그늘 속에서만 글을 쓸 수 있었던 것이다. 내 삶은 델가디나로 가득 차 있었다. 그 두 주 동안 쓴 칼럼은 전형적인 연애편지의 모델이 되었다. 홍수처럼 밀려드는 독자 편지에 난처해진 편집장은 사랑에 빠진 수많은 독자들을 위로할 방법을 고민하는 동안이라도 사랑의 수위를 적당히 조절해 달라고 부탁했다.

마음이 안정되지 않자 엄격하기 그지없었던 나의 규칙적인 생활도 무너졌다. 5시에 눈이 떠져도 머릿속으로 델가디나를 그리며 멍하니 어둠 속에 누워 있었다. 그녀가 동생들을 깨우고, 학교에 가도록 옷을 입히고, 먹을 것이 있으면 아침을 차려주고, 단추를 다는 형량을 채우기 위해 자전거로 시내를 가로지르는 모습을 상상했다. 나는 놀라서 스스로에게 물어보았다. 단추를 달면서 그녀는 무슨 생각을 할까? 내 생각을 할까? 그녀 역시 나를 만나기 위해 로사 카바르카스를 찾고 있을까? 나는 헐렁한 작업복 바지를 갈아입지도 않은 채 일주일 밤낮을 보냈다. 그뿐만 아니라 목욕도 하지 않았고, 수염도 깎지 않았으며, 이도 닦지 않았다. 그것은 단장을 하고 옷을 입고 향수를 뿌리는 것은 누군가를 위해서라는 사실을 사랑이 너무 늦게 내게 가르쳐주었기 때문이며, 나는 그런 누군가를 가져본 적이 한 번도 없었다. 다미아나는 내가 오전 10시에 그물 침대에 벌거벗은 채 누워 있는 모습을 보고 병에 걸렸다고 믿었다. 나는 탐욕스럽고 음흉한 눈초리로 그녀를 바라보면서 함께 침대에서 뒹굴자고 했다. 그러자 그녀는 경멸스럽다는 표정을 지으며 내게 말했다.

"내가 좋다고 하면, 뭘 할 건지 생각해 두긴 하셨어요?"

그러자 나는 고통이 나를 어디까지 타락시켰는지 알게 되었다. 사춘기 소년처럼 앓으면서 스스로도 알아보지 못할 지경이 되어 있었다. 전화가 올지도 모른다는 생각에 바깥출입을 하지 않았고, 글을 쓸 때도 수화기를 내려놓지 않았으며, 전화벨이 울리기라도 하면 로사 카바르카스일 수도 있다는 생각에 달려가 수화기를 낚아채곤 했다. 글을 쓰다 말고 수시로 그녀에게 전화를 걸었는데, 그렇게 며칠이 지난 뒤에야 전화에는 심장이 없다는 사실을 깨달았다.

어느 비 내리는 날 오후, 집으로 돌아오면서 고양이가 현관 계단에 웅크리고 있는 것을 발견했다. 지저분하고 온몸이 엉망진창인 데다 가여울 정도로 유순했다. 설명서를 찾아 읽어보니 몸이 아프다는 증세였다. 나는 기운을 차리게 하려고 설명서에 나와 있는 지침대로 따라 했다. 그런데 잠깐 낮잠을 자고 정신을 차리려고 머리를 흔들다가 불현듯 로사 카바르카스가 델가디나의 집에 있을지도 모른다는 생각이 떠올랐다. 나는 장바구니에 고양이를 담아 로사 카바르카스의 가게로 갔지만, 문은 굳게 닫혀 있었고 사람이 사는 흔적도 보이지 않았다. 바로 그때 고양이가 장바구니 안에서 힘껏 요동을 치더니 밖으로 빠져나와 채소밭 토담 위로 펄쩍 뛰어 순식간에 나무들 사이로 사라졌다. 나는 주먹으로 대문을 두드렸다. 그러자 문을 열어주지도 않은 채 군인 같은 목소리가 물었다. 뉘시오? 나는 기죽지 않고, 평화를 사랑하는 사람이오, 이 집 주인을 찾고 있소, 라고 대답했다. 주인은 없소. 목소리가 대답했다. 그럼 고양이를 찾아야 하니 문이나 열어주시오, 하고 나는 졸랐다. 고양이 같은 건 없소, 라고 목소리는 잘라 말했다. 나는 물었다. 당신은 누구시오?

"당신이 알 바가 아니오." 목소리는 말했다.

나는 사랑 때문에 죽는 것은 시적 방종에 불과하다고 늘 생각해 왔다. 그런데 그날 오후, 그녀도 고양이도 없이 집으로 돌아오면서, 사랑 때문에 죽는 것은 가능한 일일 뿐만 아니라, 늙고 외로운 나 자신이 사랑 때문에 죽어가고 있음을 깨달았다. 그러나 그와 정반대의 것도 사실임을 깨달았다. 즉, 내 고통의 달콤함을 이 세상 그 무엇과도 바꾸지 않으리라는 것이다. 나는 자코모 레오파르디\*의 시들을 번역하려고 십오 년 이상을 허비했지만, 그날 오후에야 비로소 그중 한 대목을 마음속 깊이 느낄 수 있었다. "오, 가련한 나, 이것이 사랑이라면, 얼마나 고통스러운가!"

헐렁한 작업복 바지 차림에 면도도 하지 않은 얼굴로 신문사에 들어가자, 사람들 사이에서 내 정신 상태에 대한 의구심이 일어나는 것이 느껴졌다. 새로 단장한 건물에는 개인용 유리 칸막이가 설치되어 있고 천장에는 불빛이 환하게 빛나고 있어서 영락없이 산부인과 병원 같았다. 인위적으로 만들어진 조용하고 편안한 분위기는 모든 사람들이 낮게 속삭이고 까치발로 걸어 다니게 하

---

\* 이탈리아의 시인(1798~1837). 사랑받지 못하고 아무런 영광도 누리지 못했던 삶으로 인해 독특한 염세주의 성향을 띠며, 그의 작품은 이를 반영하듯이 고통스럽고 회의주의적인 분위기를 보인다.

고 있었다. 로비에는 죽은 부왕들처럼 종신 회장 세 명의 유화 초상과 유명한 방문객들의 사진이 걸려 있었다. 커다란 대기실은 내 생일날 오후에 편집부 사람들과 함께 찍은 대형 사진이 장악하고 있었다. 나는 마음속으로 서른 살 때 찍었던 다른 사진과 비교해 보지 않을 수 없었고, 실제보다 사진에서 더 늙고 추해 보이는 것을 확인하며 몸서리쳤다. 생일날 오후에 내게 키스를 했던 비서는 아프냐고 물었다. 나는 행복한 마음으로, 그녀가 내 말을 믿지 않도록 상사병에 걸렸다고 사실대로 대답해 주었다. 그러자 그녀가 말했다. 나 때문에 아픈 게 아니라니 유감이네요! 나도 그에 걸맞게 대답했다. 너무 확신하지 마오.

사법부 담당 기자가 자기 자리에서 나오면서, 시립 원형 극장에서 신원이 확인되지 않은 여자 시체가 발견되었다고 소리 질렀다. 나는 놀라서 물었다. 죽은 사람의 나이가 어떻게 되오? 젊어요, 라고 그는 대답했다. 정권의 살인자들에게 쫓겨 여기까지 온 내륙 지방의 피난민 같아요. 나는 안도의 한숨을 내쉬며 말했다. 내륙 지방의 상황이 핏자국처럼 조용히 우리를 덮치고 있군. 그러자 이미 멀리 가 있던 담당 기자는 이렇게 소리쳤다.

"선생님, 핏자국이 아니라 똥자국이에요."

며칠 후 더욱 좋지 않은 사건이 일어났다. 내 고양이 바구니와 똑같은 것을 든 여자가 마치 오한처럼 순간적으로 '문도'\* 서점 앞으로 지나갔던 것이다. 나는 정오의 소음 속에서 사람들을 팔꿈치로 밀어젖히면서 그녀를 쫓아갔다. 빼어난 미모에 키가 훤칠한 여자로, 수많은 사람들을 뚫고 능숙하게 걸어갔기에 그녀를 쫓아가는 건 여간 힘든 일이 아니었다. 마침내 나는 그녀를 추월하여 정면에서 얼굴을 바라보았다. 하지만 그녀는 발길을 멈추지도 않고 미안하다는 말도 없이 손으로 나를 젖혀버렸다. 그녀는 내가 생각하던 여자가 아니었지만, 그 도도한 태도는 마치 그녀인 것처럼 나를 아프게 만들었다. 그제야 비로소 나는 잠에서 깨어나 옷을 입은 델가디나를 알아보지 못할 것이며, 그녀 역시 내가 옷 입은 모습을 보지 못했기에 나를 알아보지 못하리라는 것을 깨달았다. 사흘간 미친 사람처럼 갓난아기가 신을 파란 양말과 빨간 양말 열두 켤레를 짜면서, 그녀를 떠올리게 만드는 노래는 듣지도 부르지도 기억하지도 않

---

\* '세계'라는 뜻.

으려고 애를 썼다.

사실 나는 마음을 주체할 수 없었고, 사랑 앞에서 무기력해진 내 모습에서 늙었다는 사실을 의식하기 시작했다. 그러나 보다 극적인 증거가 아직 남아 있었으니, 시내버스가 중심가에서 자전거를 타던 여자를 치는 사건이었다. 사람들이 앰뷸런스에 싣고 갔지만, 그 비극적인 사건은 피 웅덩이 위에 고철 조각이 되어버린 자전거 때문에 더욱 강한 인상으로 다가왔다. 하지만 내가 충격을 받은 까닭은 자전거 잔해에서 드러난 상표나 색깔, 모델 때문이 아니었다. 그것은 내가 델가디나에게 선물했던 바로 그 자전거였던 것이다.

증인들은 부상당한 여자가 젊고 키가 크고 날씬했으며, 머리카락은 짧고 곱슬곱슬했다고 이구동성으로 말했다. 어찌할 바 모르던 나는 눈에 띈 첫 번째 택시를 잡아타고서 '자선 병원'으로 가자고 했다. 누런 벽돌로 지어진 오래된 건물은 모래밭에 좌초된 감옥처럼 보였다. 입구로 들어가는 데만 반 시간이 걸렸고, 과실수 향이 가득한 병원 마당으로 나오는 데 또 반 시간이 걸렸다. 그런데 그곳에서 슬픔에 잠긴 채 나를 스쳐 지나가던 한 여인이 내 눈을 보며 이렇게 소리쳤다.

"난 당신이 찾는 사람이 아니에요."

그제야 나는 그곳이 시립 정신 병원에 수용된 환자들 가운데 증세가 심하지 않은 사람들이 자유롭게 지내도록 허용된 장소라는 사실을 떠올렸다. 병원 행정실에 내가 기자라는 것을 증명해 보인 후에야 한 간호사가 응급실 병동으로 안내해 주었다. 새로 도착한 환자 명부에 신상 기록이 나와 있었다. 이름은 로살바 리오스로, 나이는 열여섯, 직업은 없었다. 진단은 뇌진탕, 치료 후 경과는 '보류'라고 쓰여 있었다. 나는 병동 책임자에게 그녀를 볼 수 있느냐고 물었지만, 마음속으로는 그가 안 된다고 말하기를 간절히 바랐다. 그러나 그는 기다렸다는 듯이 나를 데려갔는데, 병원의 황폐한 상태에 관해 내가 기사를 쓸 수도 있다는 기대에서였다.

우리는 석탄산 냄새가 코를 찌르고 환자들이 침대에 줄줄이 누워 있는 칙칙한 방을 지나갔다. 그 막다른 곳에 개인 병실이 있었고, 우리가 찾던 환자가 쇠로 만든 조그만 간이침대에 누워 있었다. 머리는 붕대로 칭칭 감은 데다 얼굴은 멍들고 부어올라 도저히 알아볼 수가 없었지만, 그녀가 델가디나가 아니라는 것을 확인하기 위해서는 발을 보는 것만으로도 충분했다. 그제야 비로소 나는 스스로에게 질문을 던졌다. 그녀가 델가디나였다면 나는 어떻게 했을까?

아직도 그날 밤의 거미줄에서 헤어 나오지 못한 나는 이튿날 용기를 내서 언젠가 로사 카바르카스가 나의 소녀가 일하는 곳이라고 알려준 셔츠 공장을 찾아갔다. 나는 주인에게 국제 연합이 추진 중인 라틴 아메리카 계획안의 모델로 삼고자 하니 공장을 보여달라고 부탁했다. 그는 굼뜨고 과묵한 레바논 사람으로, 자신의 공장이 세계의 모범이 되리라는 환상에 젖어 자기 왕국의 문을 활짝 열어주었다.

하얀 블라우스를 입은 300명의 처녀들이 환하게 불이 켜진 광활한 교회당 같은 곳에서 '재의 수요일'을 기리기 위해 이마에 재로 십자가를 긋고 앉아 단추를 달고 있었다. 그녀들은 우리가 들어오는 것을 보자 여학생처럼 기립 자세를 취하더니 관리인이 단추를 다는 전통적인 기술에 자신들이 어떤 기술을 덧붙였는지 설명하는 동안 우리를 곁눈질로 쳐다보았다. 나는 옷을 입고 깨어 있는 델가디나를 발견할지도 모른다는 공포에 사로잡혀 한 명 한 명 자세히 훑어보았다. 그런데 그중 한 명이 무자비한 존경이 담긴 시선으로 내 신원을 드러내는 질문을 던졌다.

"말씀해 주세요, 선생님. 신문에 연애편지를 쓰시는 분 맞죠?"

나는 잠자는 소녀 하나가 어떤 한 사람에게 이토록 커다란 해를 끼치리라고는 상상해 본 적도 없었다. 나는 연옥에 사는 그 처녀들 중에 마침내 내가 찾는 사람이 있을지 모른다는 생각도 못 하고 작별 인사도 없이 공장을 빠져나왔다. 그곳에서 나오자 내 인생에 남은 유일한 감정은 울고 싶다는 마음뿐이었다.

이윽고 한 달 후 로사 카바르카스는 내게 전화를 걸어서 도저히 믿을 수 없는 설명을 늘어놓았다. 그 은행가가 살해된 후, 카르타헤나에 가서 조용히 지내라는 벌을 받았다는 것이었다. 물론 나는 그 말을 믿지 않았지만 전화위복이 된 것을 축하했고, 거짓말을 실컷 늘어놓게 놔두었다. 그런 다음 가슴속에서 부글부글 끓어오르던 질문을 던졌다.

"그런데 그 아이는?"

로사 카바르카스는 한참 동안 침묵을 지켰다. 마침내 여기 있어요, 라고 말했지만, 무언가 회피하려는 듯한 목소리였다. 잠시 기다려야 해요. 얼마나? 나도 모르겠어요, 곧 알려줄게요. 나는 그녀가 전화를 끊으려 한다는 것을 직감하고 단호하게 말했다. 기다리시오, 내게 빛을 주시오. 빛은 없어요, 라고 그녀는 말하면서 이렇게 덧붙였다. 조심하세요. 자칫하면 당신에게 해가 될 수 있어요. 그리고 무엇보다 그녀에게 해를 끼칠 수 있어요. 하지만 나는 그런 고상한 충고나 듣고 있을 상황이 아니었다.

나는 단 한 번만이라도 진실을 알려달라고 애걸했다. 그녀는 한 발짝도 물러서지 않았다. 진정하세요, 그 아이는 잘 지내고 있어요. 그리고 당신 전화를 기다리고 있어요. 하지만 지금은 내가 해줄 것이 전혀 없고, 더 이상 아무 말도 하지 않을 겁니다. 그럼 안녕.

나는 어찌해야 할지 모른 채 손에 전화기를 들고 멍하니 있었다. 그녀를 너무도 잘 알고 있었기에, 그녀가 말해 주지 않으면 아무것도 알 수 없을 거라고 생각했다. 정오가 지난 후, 나는 이성보다는 우연의 힘에 기대고 싶은 마음에 아무도 몰래 그녀의 집으로 가보았다. 문은 아직도 보건성 딱지가 붙은 채 굳게 닫혀 있었다. 나는 로사 카바르카스가 다른 곳, 아마도 다른 도시에서 전화했으리란 생각이 들었다. 그러자 한 가지 생각이 막

연하고 불길한 예감으로 나를 휘감았다. 그런데 전혀 기대도 하지 않았건만 저녁 6시에 전화가 걸려와 나만의 암호를 전했다.

"좋아요, 이젠 괜찮겠어요."

밤 10시에 울음을 참으려고 이를 악물고 덜덜 떨리는 몸을 억누르며, 스위스 초콜릿과 누가, 캐러멜이 담긴 상자와 침대를 덮을 붉은 장미 한 바구니를 들고 나는 그곳으로 갔다. 문은 살짝 열려 있고, 불도 켜져 있었으며, 라디오에서는 브람스의 바이올린과 피아노를 위한 소나타 1번이 은은하게 흘러나오고 있었다. 침대에 누워 있는 델가디나는 너무나 눈부시고 너무나 달라져서 좀처럼 알아보기 힘들었다.

델가디나는 성장해 있었다. 하지만 단순히 키가 자란 것이 아니라 강렬한 성숙함이 엿보였다. 두세 살은 더 먹은 듯했고, 그 어느 때보다 벌거벗은 것 같았다. 볼록하게 도드라진 광대뼈, 거친 바다의 태양에 그을린 피부, 얇은 입술과 짧고 곱실거리는 머리카락은 그녀의 얼굴에 프락시텔레스의 조각상「아폴론」\*처럼 양성적인

---

\* 기원전 470~460년경에 만들어진 것으로 추정된다. '도마뱀을 죽

광채를 불어넣고 있었다. 그리고 내 느낌은 틀리지 않았다. 그녀의 젖가슴은 손안에 다 들어오지 않을 정도로 풍만해져 있었고, 엉덩이도 제대로 성숙한 여인의 것과 같았으며, 골격은 보다 단단해지고 균형이 잡혀 있었다. 나는 자연의 재주에 매료되었지만, 가짜 속눈썹, 투명 매니큐어를 칠한 손톱과 발톱, 사랑과는 아무 상관도 없는 싸구려 향수 같은 인위적인 물건들을 보자 이성을 잃고 말았다. 하지만 나를 정말로 분노하게 만든 것은 그녀가 지닌 귀중품들이었다. 귀에는 에메랄드가 주렁주렁 달린 금귀고리를 걸고 손목에는 다이아몬드의 광채를 내뿜는 금팔찌를 끼고 있었을 뿐만 아니라, 열 손가락 모두에 진짜 보석이 박힌 반지를 끼고 있었던 것이다. 의자에는 밤의 여인들이나 입는 장식용 유리알이 달린 수놓인 가운과 벨벳 실내화가 놓여 있었다. 이상한 기운이 창자 속까지 파고들었다.

"이런 창녀 같으니!" 나는 소리쳤다.

나는 악마가 내 귓속에 불어넣은 사악한 생각에 사로잡혀 있었다. 자초지종은 이러했다. 살인 사건이 일어

---

이는 아폴론'이라고도 불린다.

났던 밤 로사 카바르카스는 나의 소녀에게 알릴 시간도 없었거니와 그럴 만한 정신도 없었음에 틀림없는데, 경찰이 방 안에 미성년자인 그녀가 아무런 알리바이도 없이 혼자 있는 것을 발견한 것이다. 그와 같은 상황에서 로사 카바르카스보다 잘 대처할 수 있는 사람은 아무도 없었다. 그녀는 자신이 무혐의 처분을 받는 대가로, 도시의 권력자 중 한 사람에게 내 소녀의 처녀성을 팔았던 것이다. 물론 가장 먼저 한 일은 그 시끄러운 사건이 잠잠해질 때까지 사라지는 것이었다. 정말로 기가 막힌 일이 아닌가! 세 사람이 신혼여행을 떠나서는 두 사람은 침대에 있고, 로사 카바르카스는 화려한 테라스에서 행복하게 무죄를 즐겼던 것이었다. 분별없는 분노에 눈이 먼 나머지, 나는 방 안에 있는 것들을 닥치는 대로 벽에 던져 부수어버렸다. 스탠드, 라디오, 환풍기, 거울, 꽃병, 컵을 내동댕이쳤다. 서두르지는 않았지만 쉬지도 않으며 분노에 취해 있었다. 그 와중에서도 내 인생을 구해 주었던 조직적이고 체계적인 방법으로 그렇게 했던 것이었다. 첫 번째 깨지는 소리가 나자 소녀는 놀라서 벌떡 일어났지만, 나를 쳐다보지 않고 등을 돌린 채 웅크리고 있었는데, 물건 깨지는 요란한 소리가 멈출 때까지 간헐적으로 몸을 떨면서 그러고 있었다. 마당에 있던 암탉들과 새벽에 잠을 깬 개들이 그 소동을 더욱 소란스럽게 만들었다. 분노로 눈이 먼 나는 마지막으로 그 집에 불을 질러버려야겠다는 생각에 사로잡혔다. 그때 방문 앞에 파자마를 입은 로사 카바르카스의 태평스럽고 냉정한 얼굴이 나타났다. 그녀는 아무 말도 하지 않았다. 단지 눈으로 재앙의 희생이 된 물건 목록을 작성하고서, 겁에 질린 소녀가 양팔 사이에 고개를 묻은 채 달팽이처럼 몸을 웅크리고는 있지만 다친 데는 없다는 것을 확인했다.

로사 카바르카스는 소리쳤다. "하느님 맙소사! 당신의 사랑이 이런 것인 줄 알았다면, 이 아이를 주지 않았을 거예요!"

그러더니 온몸으로 나를 껴안고 자비의 시선으로 내게 명령을 내렸다. 가요. 나는 안채까지 그녀를 따라갔고, 그녀는 아무 말 없이 물 한 잔을 주었다. 그런 다음 자기 앞에 앉으라고 손짓하더니 털어놓게 했다. 좋아요, 그럼 이제는 어른답게 행동하세요, 도대체 무슨 일이 있었던 거죠? 말해 봐요. 그녀가 다그쳤다.

나는 내가 짐작한 내용을 사실대로 털어놓았다. 로사

카바르카스는 놀라는 기색도 없이 잠자코 듣더니, 마침내 무언가를 깨달은 것 같았다. 정말 멋져요. 나는 항상 질투가 진실보다 더 많은 것을 알고 있다고 말해 왔지요. 그렇게 말하더니 그녀는 비로소 아무것도 숨기지 않고 실제로 일어난 일을 들려주었다. 살인 사건이 일어난 그날 밤에 그녀는 너무나 정신이 없어서 방 안에서 자고 있던 그 애를 정말로 잊고 있었다. 그녀의 고객이자 죽은 사람의 변호사였던 사내는 수임료와 뇌물을 조금 나누어주고서, 사람들이 더 이상 그 사건을 떠들어대지 않을 때까지 카르타헤나의 호텔에서 휴식을 취하라고 로사 카바르카스에게 권했다. 그녀는 말했다. 내 말을 믿어줘요, 거기 있는 동안 한시도 쉬지 않고 당신과 그 아이를 생각했어요. 그저께 돌아오자마자 제일 먼저 당신에게 전화를 했지만, 아무도 받지 않지 않더군요. 반면에 아이는 즉시 달려왔지요. 어찌나 몰골이 형편없었는지 목욕시키고 옷을 입힌 다음, 미장원에 보내서 여왕처럼 단장시키라고 지시했지요. 그 아이가 어떤지 이미 보셨지요? 완벽하잖아요. 그렇다면 값비싼 옷은 어떻게 된 거요? 손님들과 무도회에 가야 하는 가난한 제자들에게 빌려주던 옷들이에요. 그럼 보석은? 그건 내 거예요, 라고 그녀는 말했다. 건드려보면 다이아몬드는 유리로 만든 것이고 금이 아니라 양철 조각이라는 걸 금방 알 수 있을 거예요. 그러니 그런 것 가지고 날 귀찮게 하지 마세요. 그러면서 그녀는 이렇게 말을 맺었다. 자, 어서 가서 그 아이를 깨워 용서를 빌고, 이번에는 제대로 책임지도록 하세요. 당신들이야말로 이 세상에서 가장 행복해질 수 있는 사람들이에요.

나는 그녀의 말을 믿기 위해 초자연적인 노력을 기울였지만, 이성보다는 사랑의 힘이 더욱 강했다. 창녀들 같으니! 나는 창자까지 태워버릴 정도로 활활 타오르는 불꽃의 고통을 이기지 못하고 이렇게 소리쳤다. 당신들이 하는 소리가 항상 그렇지! 빌어먹을 창녀들! 더 이상 당신, 아니 이 세상의 그 어떤 창녀에 대해서도 아무것도 알고 싶지 않아! 그 계집애도 마찬가지야! 나는 문가에서 영원히 작별하겠다는 신호를 보냈다. 로사 카바르카스는 전혀 주저하지 않았다.

"하느님에게나 가버려요." 그녀는 슬픔에 잠긴 듯한 일그러진 얼굴로 말하고는 현실 세계로 돌아갔다. "어쨌거나 방을 엉망으로 만들어놓았으니 계산서를 청구하겠어요."

5

『3월 15일』\*을 읽다가, 율리우스 카이사르가 한 말이라고 적혀 있는 음산한 구절을 발견했다. "우리는 타인들이 우리라고 믿는 것처럼 될 수도 있다." 나는 율리우스 카이사르가 직접 쓴 작품이나 수에토니우스부터 제롬 카르코피노에 이르기까지 그의 전기를 집필한 작가들의 작품을 모두 뒤져보았지만 어디서 유래했는지는

---

\* 율리우스 카이사르의 말년을 편지와 기록을 종합하는 형식으로 그린 손턴 와일더의 1948년 작품. 3월 15일은 카이사르가 암살될 것이라고 예언된 날이다.

확인할 수 없었다. 하지만 기억할 만한 가치가 있는 말이었다. 그 숙명론을 이후 몇 달간의 내 인생 여정에 적용하자, 나는 이 회고록을 쓸 뿐만 아니라 아무런 부끄러움 없이 델가디나와 사랑을 시작해야겠다는 결심을 하게 되었다.

나는 단 한 순간도 평온하게 지낼 수 없었다. 음식도 겨우 입에 대는 정도라 몸무게가 심하게 줄어들어 바지가 허리에 걸쳐지지도 않았다. 간헐적인 통증이 이제는 뼛속까지 자리 잡았고, 아무런 이유도 없이 기분이 바뀌곤 했으며, 어지러운 상태로 밤을 보내기 일쑤여서 책을 읽을 수도 음악을 들을 수도 없었는데, 반면에 낮 시간은 자는 것도 아니고 깬 것도 아닌 얼빠진 상태로 꾸벅꾸벅 졸면서 보내고 있었다.

하늘은 나를 이런 고통에서 벗어나게 해주었다. 로마 프레스카의 만원 버스에서, 타는 것을 보지는 못했지만 옆 자리에 앉아 있던 여자가 내 귓가에 이렇게 속삭였던 것이다. 아직도 섹스해요? 그녀는 바로 카실다 아르멘타였다. 도도한 사춘기 소녀 때부터, 성실한 고객이었던 나를 인내심을 가지고 맞아주었던 싸구려 옛사랑이었다. 하지만 사창가에서 병든 몸으로 돈 한 푼 없이 은퇴한 후, 채소를 기르는 중국인과 결혼했다. 그녀에게 자신의 성(姓)과 도움을 주었던 중국인은 사랑도 얼마간 주었던 모양이다. 일흔세 살의 나이였지만 그녀의 몸매는 예전 그대로였고, 미모와 불같은 성격도 여전했으며, 그 직업에 걸맞은 넉살도 그대로 간직하고 있었다.

그녀는 나를 자기 집으로 데려갔다. 그곳은 바닷가로 이어지는 도로의 언덕에 위치한 중국인들의 야채밭이었다. 우리는 그늘진 테라스의 일광욕 의자에 앉았는데, 처마에는 새장들이 걸려 있었고 주변의 언덕 기슭에는 뜨거운 태양 아래서 삿갓을 쓰고 채소밭에 씨를 뿌리는 중국인 농사꾼들이 보였다. 그리고 보카스 데 세니사*의 잿빛 근해에는 바윗돌로 만든 두 개의 기다란 방파제가 강물이 저 멀리 나아갈 수 있도록 유도하고 있었다. 우리는 대화를 나누면서 강어귀에서 하얀 여객선이 들어오는 것을 보았고, 하천 부둣가에서 투우의 우울한 울

---

* 콜롬비아의 마그달레나 강이 대서양과 만나는 곳에는 복잡한 수력 현상으로 지하 삼각주가 형성된다. 바랑키야가 콜롬비아의 대표적 상업항으로 발돋움하기 위해서는 마그달레나 강의 어귀를 정리할 필요가 있었다. 이런 이유로 백여 년간의 노력을 기울여 바다와 강물이 뒤섞이지 않도록 바다를 가로막는 작업이 진행되었던 곳이다.

음 같은 고동 소리가 울릴 때까지 아무 말 없이 계속 쳐다보고 있었다. 그녀는 한숨을 쉬었다. 눈치 챘어요? 반세기가 넘는 세월 동안 당신을 침대에서 맞이하지 않는 건 이번이 처음인 것 같아요. 이제 그때의 우리가 아니잖소, 라고 나는 대답했다. 하지만 그녀는 내 말을 듣지 않고 계속 말했다. 라디오에서 당신 얘기가 나올 때마다, 그리고 사람들이 당신이 가진 애정을 칭찬하고 당신을 사랑의 스승이라고 부를 때마다, 내가 무슨 생각을 하는지 아세요? 나만큼 당신의 장점과 나쁜 버릇을 아는 사람은 아무도 없다고 생각해요. 진심으로 말하는데, 아무도 나보다 더 당신을 잘 참아내지는 못했을 거예요.

나는 더 이상 반박하지 않았다. 그것을 느낀 그녀는 내 눈이 눈물로 축축이 젖어 있는 것을 보고는 비로소 과거의 내가 아니며, 절대로 가질 수 없을 것이라고 생각했던 용기를 내서 그녀를 바라보고 있다는 사실을 깨달았을 것이다. 늙어가는 것 같아, 라고 나는 말했다. 그러자 그녀는 한숨을 내쉬면서, 우리는 이미 늙어 있어요, 라고 말했다. 우리 마음으로는 느끼지 못하지만, 바깥에서 사람들은 모두 그렇게 보는걸요.

그녀에게 마음을 열어 보이지 않기란 불가능한 일이

었기에, 나는 온몸을 뜨겁게 달구고 있던 이야기를 하나도 빠짐없이 들려주었다. 아흔 살 생일 전야에 로사 카바르카스에게 처음 전화를 한 것부터 방 안의 물건을 산산이 부수어버린 비극적인 밤까지의 이야기와 그 이후로는 그곳에 가지 않았다는 것까지 들려주었다. 그녀는 마치 자신이 내 마음속 이야기를 실제로 경험하는 듯이 듣더니, 찬찬히 생각해 본 다음 마침내 미소를 지었다.

"마음 가는 대로 하세요. 하지만 그 아이를 잃어버리지는 마세요." 그녀는 말했다. "혼자 죽는 것보다 더한 불행은 없어요."

우리는 말처럼 느려터진 장난감 같은 전차를 타고 콜롬비아 항구로 갔다. 좁먹은 나무로 된 선창가 앞에서 점심을 먹었는데, 보카스 데 세니사가 준설되기 전에는 전 세계가 그곳을 통해 이 나라로 들어왔었다. 야자수가 드리워진 마루에 앉자 늙은 흑인 여인들이 코코야자를 넣은 밥과 푸른 바나나 조각과 함께 튀긴 도미 요리를 갖다 주었다. 2시의 강렬한 폭염 속에서 꾸벅꾸벅 졸면서, 우리는 빛나는 거대한 태양이 바다로 가라앉을 때까지 쉬지 않고 대화를 나누었다. 내게는 현실이 환상적으로 보였다. 태양 좀 보세요. 우리더러 신혼여행을 즐기라고 사라져버렸네요, 라고 그녀는 농담으로 말했다. 그러나 곧 심각해져서 말을 이었다. 오늘 지난날을 되돌아보니 내 침대를 스쳐간 수천 명의 남자들이 줄지은 모습이 눈에 선하네요. 최악의 남자라 할지라도 평생 내 곁에 있어주려 했다면, 영혼이라도 바쳤을 거예요. 다행히 적절한 때에 중국인 남편을 만났지요. 새끼손가락과 결혼한 것 같긴 하지만, 그래도 그는 나만의 남자예요.

그녀는 내 눈을 바라보며 지금 한 말에 내가 어떤 반응을 보이는지 살펴본 다음 이렇게 말했다. 그러니 당신의 질투심이 불러일으킨 사악한 생각이 사실일지라도, 지금 당장 그 불쌍한 아이를 찾도록 하세요. 한번 엎질러진 물을 다시 담을 수는 없는 법이니까요. 하지만 할아버지의 낭만주의는 버려야 한다는 거 잊지 마요. 그녀를 깨우세요. 그리고 당신의 소심함과 인색함의 대가로 악마가 선물한 노새 같은 당신 물건으로 그녀가 흡족해할 때까지 사랑을 안겨주세요. 그러면서 진심 어린 충고로 말을 맺었다. 진심으로 말하는데, 진정한 사랑을 하는 경이를 맛보지 않고 죽을 생각은 하지 마세요.

다음 날 나는 떨리는 손가락으로 전화 다이얼을 돌렸다. 델가디나와 다시 만난다고 생각하니 긴장이 된 데다 로사 카바르카스가 어떻게 대답할지 불안하기 때문이기도 했다. 델가디나의 방에서 부순 물건 값을 그녀가 지나치게 높게 책정한 것 때문에 우리는 심한 언쟁을 벌였었다. 나는 어머니가 가장 사랑했던 그림 중 한 점을 팔아야만 했다. 엄청난 값이 나가는 그림이라고 생각해 왔던 것이었지만, 정작 파는 순간에는 내 꿈의 십분의 일에도 미치지 못했다. 나는 남아 있던 저금을 보태 로사 카바르카스에게 가져가 단호하게 말했다. 이걸 받으시오. 아니면 한 푼도 줄 수 없소. 그것은 자살 행위였다. 그녀가 내 비밀 중 하나만 팔아도 나의 훌륭한 평판은 땅에 떨어질 것이기 때문이었다. 하지만 그녀는 불평 한마디 하지 않고 우리가 싸웠던 날 밤 저당 잡아놓았던 그림들을 모두 가져가 버렸다. 나는 단판에 완벽한 패배자가 되었다. 델가디나도 잃고 로사 카바르카스와 마지막 저금까지도 모두 잃었기 때문이다. 그러나 나는 전화벨이 한 번, 두 번, 세 번 울리는 소리를 들었고, 마침내 그녀가 받았다. 여보세요? 내 목구멍에서는 말이 나오지 않았다. 전화를 끊었다. 그리고 그물 침대에 누위 사티*의 금욕적인 음악을 들으며 마음을 가라앉히려고 노력했는데, 땀을 많이 흘렸는지 리넨 천이 흠뻑 젖고 말았다. 그다음 날이 돼서야 나는 다시 그녀에게 전화를 걸 용기를 냈다.

"좋소." 나는 단호하게 말했다.

로사 카바르카스는 물론 과거의 일 따위는 전혀 개의치 않았다. 그녀는 불굴의 마음으로 한숨을 내쉬며 말했다. 이런, 서글픈 나의 현자 양반, 두 달 동안 사라졌다가 이제야 돌아와 당신의 꿈을 달라고 하는군요. 그리고 자신은 한 달 넘게 델가디나를 보지 못했는데 소녀는 내가 일으킨 소동에 놀라긴 했지만 너무나 완벽하게 회복된 나머지 그 소동이나 나에 대해서 물어보지 않았고, 단추를 다는 일보다 훨씬 편하고 수입도 좋은 새 직장에 몹시 만족하고 있다고 말했다. 활활 타오르는 불길이 내 속을 새까맣게 태웠다. 그 아이가 될 수 있는 것은 창녀뿐이오, 라고 나는 말했다. 로사는 태연한 목소리로 대답했다. 무식한 소리 하지 마요. 만일 그렇다면

---

\* 19세기 말의 낭만주의와 인상주의에 반대하여, 감정의 표출을 절제한 채 단순하면서도 독창적인 음악을 작곡한 프랑스 작곡가.

지금 여기 있어야겠지요. 여기보다 더 적당한 곳이 어디 있겠어요? 그녀가 재빠르게 논리적으로 응대하는 것을 듣자, 나는 더욱 의심이 들었다. 거기에 없는지 내가 어찌 알겠소? 그렇다면 모르는 편이 더 나을 거예요, 아닌가요? 하고 그녀는 대답했다. 나는 다시 한 번 그녀를 증오했다. 그녀는 이제 과거의 분노가 가라앉았다는 것을 증명하려는 듯 소녀의 흔적을 찾아보겠다고 약속했다. 그러나 희망은 많이 갖지 말라고, 왜냐하면 그 애의 옆집에 전화를 걸어봐도 계속 연결이 안 되고, 어디 사는지는 전혀 알지 못하기 때문이라고 덧붙였다. 그렇다고 목숨을 끊지는 마요, 그건 멍청한 짓이에요. 한 시간 후에 전화해 줄게요.

그 한 시간이 나에겐 사흘과도 같았지만, 로사 카바르카스는 무사한 몸으로 나를 기다리고 있던 그녀를 찾아냈다. 나는 부끄러운 마음으로 찾아가 밤 12시부터 새벽의 첫닭이 올 때까지 속죄의 마음으로 그녀의 몸 구석구석에 키스를 퍼부었다. 나는 평생 그렇게 하겠다고 스스로에게 약속하며 긴 용서를 빌었고, 처음부터 다시 시작하는 것과 같은 마음 자세였다. 방은 엉망진창이었다. 함부로 던진 탓에 내가 가져다 두었던 모든 물건이 깨저 있었던 것이다. 그녀는 그 상태 그대로 놔두었고, 그 방을 치우든 물건을 다시 갖다 놓든, 자기에게 빚을 졌으니 내가 처리해야 한다고 말했다. 그러나 나의 경제적 상황은 바닥을 헤매고 있었다. 연금으로 살 수 있는 것은 갈수록 줄어들었다. 집에 남아 있는 팔 만한 물건들은 — 우리 어머니의 성스러운 보석을 제외하고 — 돈이 되지 못했고, 골동품 대접을 받을 만큼 오래된 물건도 없었다. 호시절에는 주지사로부터 내가 소장한 그리스와 라틴 그리고 스페인 고전들을 모두 구입하여 주립도서관에 비치하겠다는 매혹적인 제안을 받았었지만, 당시 나는 그것들을 팔 마음이 없었다. 그 후 정권이 바뀌고 세상이 타락하자, 정부의 그 누구도 예술이나 문학 따위에는 신경도 쓰지 않았다. 점잖은 해결책을 찾는 데 지쳐버린 나는 델가디나가 돌려준 보석들을 주머니에 넣고, 그것들을 전당포에 맡기러 시장으로 나 있는 음산한 골목길을 찾아갔다. 한눈을 파는 현자 같은 분위기를 풍기며 싸구려 술집과 오래된 서점, 그리고 전당포로 가득한 허름한 거리를 몇 번이고 빙빙 돌았으나 내 어머니 플로리나 데 디오스의 품위가 앞을 가로막았다. 나는 더 이상 엄두가 나지 않았다. 그래서 당당히 고개를 들고 가장 오래되고 믿을 만한 귀금속 가게에 팔기로 결심했다.

점원은 내게 몇 가지 질문을 던지면서, 외알 안경으로 보석을 살펴보았다. 행동이나 말투, 두려움을 주는 분위기 할 것 없이 꼭 의사 같았다. 나는 어머니에게서 물려받은 보석이라고 설명했다. 그는 내가 설명하는 말 한마디 한 마디에 단음절의 신음 소리를 내면서 고개를 끄덕이더니, 마침내 외알 안경을 벗었다.

"죄송합니다만 이 보석들은 모조품입니다."

내가 깜짝 놀라자, 그는 불쌍하다는 듯이 부드러운 말투로 설명했다. 금하고 백금이 진짜인 것만도 다행이지요. 나는 품질 보증서가 잘 들어 있는지 확인하기 위해 주머니를 만져보고는, 불쾌한 기분을 감추고 말했다.

"이것들은 백여 년 전에 이 고상한 가게에서 구입한 것이오."

그는 안색도 변하지 않은 채 말했다. 그런 일은 흔히 일어나는 법입니다. 시간이 흐르면서 물려받은 귀중품 가운데 가장 값비싼 보석이 사라지기도 하지요. 가족 중 망나니나 혹은 사기꾼 보석상이 그 보석을 바꿔치기하는데, 그것을 팔려고 할 때야 비로소 가짜임이 드러나지요. 그러더니 그는 잠깐만 있어보세요, 라고 하고는 보석을 가지고 가게 안쪽에 있는 문으로 들어갔다. 그리고 잠시 후 되돌아와서는 아무런 설명도 없이 내게 대기석에 앉아 있으라고 말한 다음, 작업을 계속 했다.

나는 가게를 자세히 살펴보았다. 어머니와 함께 몇 번 온 적이 있었는데, 어머니가 매번 "아빠한테는 말하지 마."라고 했던 것이 기억났다. 곧 한 가지 생각이 떠오르자 온몸이 부르르 떨렸다. 로사 카바르카스와 델가디나가 공모해서 진짜 보석을 팔아버리고, 내게 가짜가 박힌 귀중품을 돌려준 것이 아닐까?

이런 의심으로 안절부절못하고 있는데, 여비서가 안쪽에 있는 문으로 자기를 따라오라고 했다. 나는 그 문을 통해 조그만 사무실로 갔는데, 그곳의 긴 책상에는 두꺼운 장부가 놓여 있었다. 험상궂게 생긴 거구의 남자가 사무실 안쪽의 책상에서 일어나, 오랜 친구를 맞듯이 다정하게 말을 건네면서 뜨겁게 악수를 했다. 그는 인사말 대신, 자네랑 나랑 함께 학교를 다녔지 않나, 라고 했다. 나는 어렵지 않게 그를 기억해 낼 수 있었다. 우리 학교에서 제일 뛰어난 축구 선수였고, 우리가 처음 사창가를 출입할 무렵 그곳의 챔피언이었다. 언제부터인가 그와 연락이 끊어졌는데, 그는 내가 너무 늙어 보여서 어린 시절의 친구와 혼동했던 것이다.

책상 유리판 위에는 두꺼운 서류철이 펼쳐져 있었다. 그것은 우리 어머니의 보석 구입 내용이 적혀 있는 장부였다. 어머니가 직접 와서 두 세대에 걸쳐 내려온 아름답고 품위 있는 카르가만토의 보석들을 바꾸었던 날짜와 내역이 정확하게 기재되어 있었다. 우리 어머니는 바로 이 가게로 와서 진짜 보석을 팔았던 것이다. 그것은 현재 보석을 소유하고 있는 사람의 아버지가 당시에는 지금의 맞은편 위치에서 가게를 운영하고 있었고, 나와 그는 학교에 다니고 있을 때의 일이었다. 그렇게 위장하는 것은 몰락해 가는 지체 높은 가문들에서 흔히 사용되던 방법으로, 명예를 희생시키지 않으면서 급한 돈 문제를 해결하기 위한 것이었다며 그는 나를 진정시켰다. 이처럼 잔인한 현실 앞에서, 나는 그것을 예전엔 전혀 눈치 채지 못했던 또 다른 플로리나 데 디오스에 대한 기억으로 간직하는 쪽을 택했다.

7월 초가 되자 죽음이 진짜로 얼마나 가까이 와 있는지 느껴졌다. 심장의 맥박은 불규칙하게 뛰었고, 사방에서 내가 죽을 때가 되었다는 부인할 수 없는 전조를 보고 느끼기 시작했다. 가장 분명했던 것은 예술 회관에서 열린 연주회 때였다. 에어컨이 고장 나는 바람에 예술과 문학의 대표자들은 객석이 꽉 찬 연주회장에서 찜통에 익혀지는 듯했지만, 음악의 마술은 천상의 기후 같았다. 마지막에 「알레그레토 포코 모소」를 들으면서, 죽기 전에 운명이 내게 할당한 마지막 연주회를 듣고 있다는 눈부신 계시를 깨닫고 전율했다. 나는 고통이나 두려움이 아니라, 마침내 이 순간을 경험하였다는 뜨거운 감정을 느꼈던 것이었다.

서로 포옹하고 사진을 찍는 사람들을 헤치고 땀에 젖은 채 마침내 내 길을 찾았을 때, 뜻밖에도 히메나 오르티스와 마주치게 되었다. 휠체어에 앉은 그녀는 백 살의 여신과 같았다. 그녀가 나타난 것만으로도 나는 죽을 죄를 지은 느낌을 받을 수밖에 없었다. 그녀는 자기 피부처럼 매끄러운 상아 색깔의 실크 튜닉을 입고, 목에는 세 줄짜리 진짜 진주 목걸이를 걸었으며, 진주 빛의 머리카락은 1920년대 유행했던 스타일을 따라 갈매기의 날개처럼 뺨에서 끝이 살짝 올라가 있고, 커다란 노란 눈동자는 기미로 생겨난 천연의 아이섀도 때문에 더욱 빛이 났다. 그녀의 모든 것은 어찌할 수 없는 기억의 부식 때문에 정신이 혼미해졌다는 소문이 얼마나 터무니없는지를 여실히 보여주었다. 그녀 앞에 돈 한 푼 없는 신세로 돌처럼 굳어버린 나는 얼굴로 올라오던 뜨거운 기운을 이겨 내고, 아무 말 없이 베르사유 궁의 예법에 따라 인사를 했다. 그녀는 왕비처럼 미소를 지으면서 내 손을 꼭 붙잡았다. 그러자 나는 이 또한 운명이 준 변명의 기회라는 것을 깨닫고, 평생 나를 괴롭혀 왔던 가시를 빼내기 위해 그녀의 손을 놓지 않았다. 오랫동안 이 순간을 꿈꿔왔소, 라고 나는 말했다. 그녀는 내 말을 알아듣지 못한 것 같았다. 그런 말 하지 마세요! 라고 했던 것이다. 그런데 당신은 누구죠? 나는 그녀가 정말로 나를 잊어버린 건지, 아니면 인생의 마지막 복수를 하기 위해 그랬는지 알 수 없었다.

반면에 죽음이 임박했다는 확실한 예감은 내가 쉰 살이 되기 얼마 전의 어떤 하루와도 같은 기회에 들이닥쳤다. 카니발 기간 중 무도회가 열린 밤이었다. 나는 한 번도 얼굴을 본 적이 없는 경이로운 여인과 아파치 탱고\*를 추고 있었다. 그녀는 나보다 20킬로그램은 더 나

---

\* 1920년대 프랑스에서 유행하던 탱고.

가고 키도 두 뼘이나 컸지만 바람에 날리는 깃털처럼 날렵하게 내가 이끄는 대로 스텝을 밟았다. 어찌나 꼭 껴안고 춤을 추었는지, 핏줄을 타고 흐르는 그녀의 피가 느껴질 정도였다. 나는 그녀가 힘들게 내쉬는 콧김과 암모니아 냄새 같은 암내, 그리고 드넓은 가슴에 취해 기분 좋게 잠들어 있었다. 그때 처음으로 그녀가 나를 흔들었는데, 죽음의 포효가 나를 거의 바닥으로 내동댕이치다시피 했다. 그것은 귓가에 속삭인 잔인한 신탁 같았다. 네 마음대로 해라. 올해 아니면 백 년 내에 반드시 죽은 몸이 되리라. 그녀는 너무나 놀라 몸을 떼면서 물었다. 무슨 일이에요? 아무것도 아니오, 라고 말하며 나는 마음을 추스르려 애썼다.

"당신 때문에 몸이 떨리는구려."

그때부터 나는 내 생애를 일 년이 아니라 십 년 단위로 재기 시작했다. 오십 대의 삶이 결정적이었는데, 왜냐하면 대부분의 사람들이 나보다 나이가 적다는 것을 발견하게 되었기 때문이다. 육십 대는 이제 더 이상 실수할 시간이 남아 있지 않을지 모른다는 생각에 가장 열심히 산 시기였다. 칠십 대는 이것이 내 인생의 마지막 기간일 수 있다는 생각에 끔찍했다. 그러나 아흔 번째 생일에 델가디나의 행복한 침대 속에서 살아 있는 몸으로 눈을 뜨자, 인생은 헤라클레이토스의 어지러운 강물처럼 흘러가 버리면 그만인 것이 아니라, 석쇠에서 몸을 뒤집어 앞으로 또 90년 동안 나머지 한쪽을 익힐 수 있는 유일한 기회라는 흡족한 생각이 머릿속을 스쳐 갔다.

  나는 걸핏하면 눈물을 흘리는 울보가 되었다. 채 억누르지 못한 애정에 얽힌 감정이 느껴질 때마다 목이 메었기에 델가디나의 꿈을 부지런히 살피는 고독한 기쁨을 버릴까도 생각했다. 하지만 그것은 죽음에 대한 불확실성이나 나 없이 남은 인생을 살아갈 그녀를 상상하면서 느낀 고통 때문이 아니었다. 그처럼 불확실한 세월을 보내던 어느 날, 나는 재미 삼아 고상하기 짝이 없는 공증인 거리를 둘러보러 갔다가 내가 열두 살이 되기 조금 전에 강제로 사랑의 기술을 배우기 시작했던 낡고 오래된 싸구려 호텔이 잔해만 남아 있는 걸 발견하고 소스라치게 놀랐다. 그곳은 옛 선원들이 찾던 숙소로 이 도시에서는 드물게 화려한 건물이었다. 기둥에는 설화 석고를 입히고 벽에는 금박의 띠를 둘렀으며 실내 정원은 온실의 광채를 내뿜는 일곱 색깔의 둥근 유리 지붕으로 덮여 있었다. 고딕 양식의 대문이 있는 아래층에는 내 아버지가 평생 환상 속의 꿈을 꾸며 일하고 흥하였으며 또 망하기도 했던, 한 세기가 넘게 내려오던 식민지 시대의 공증 사무소들이 자리 잡고 있었다. 유서 깊은 가문들은 하나 둘씩 위층을 버리고 떠났고, 결국 불행한 밤의 여인 군단에 의해 점령되고 말았다. 그 여자들은 근처 하천 항구의 술집에서 1페소 반이라는 값으로 낡은 손님들과 새벽까지 계단을 오르내리곤 했다.

내가 열두 살 때, 그러니까 아직 반바지를 입고 초등학생용 장화를 신고 다닐 무렵, 나는 아버지가 끝도 없어 보이는 모임에서 열띤 논쟁을 벌이고 있는 동안 위층의 세계를 알고 싶은 유혹을 떨쳐버릴 수 없었는데, 마침내 하늘 위에서나 벌어질 듯한 장관을 보게 되었다. 새벽녘까지 헐값으로 몸을 팔던 여자들은 오전 11시부터 집 안을 돌아다녔으며 유리 지붕을 통해 들어오는 무더위가 참기 어려워질 무렵이면 집안일을 해야 했는데, 온 집 안을 벌거벗은 채 돌아다니며 간밤의 모험담을 큰 소리로 떠들어댔다. 나는 소름이 끼쳤다. 머릿속에 떠오르는 것이라곤 들어왔던 곳으로 나가야 한다는 생각뿐이었다. 그런데 그때 싸구려 비누 냄새를 풍기는 단단한 육체의 벌거벗은 여자가 나를 뒤에서 감싸 안더니 맨몸의 여자들이 환호성을 지르며 박수를 치는 가운데, 자기 얼굴을 보지 못하도록 나를 번쩍 들고는 자신의 허름한 판자 방으로 데려갔다. 그러더니 네 명도 누울 수 있을 것 같은 침대에 나를 던지고 능수능란하게 바지를 벗긴 다음 나를 덮쳤다. 하지만 나는 너무나 무서워 온몸에 식은땀을 흘리고 있었기 때문에 남자로서 그녀를 제대로 받아들일 수 없었다. 그날 밤 집에 돌아와 침대에 누웠으나 모르는 여자에게 공격을 당했다는 수치심에 계속 뒤척였고 그녀를 다시 만나고 싶다는 열망 때문에 한 시간도 잠을 이루지 못했다. 하지만 이튿날 아침, 밤을 지새운 사람들이 잠을 자는 동안, 나는 떨리는 마음으로 그녀의 방으로 올라가 큰 소리로 울면서 잠자는 그녀를 깨워서는 미친 듯이 사랑을 나누었고, 그 사랑은 현실 세계의 강풍이 무자비하게 앗아갈 때까지 계속되었다. 그녀의 이름은 카스토리나였고, 그 호텔의 여왕이었다.

잠깐의 사랑을 나누는 데 드는 호텔 방값이 1페소였으나 스물네 시간 동안 있어도 값이 같다는 사실을 아는 사람은 거의 없었다. 게다가 카스토리나는 자신의 타락한 세계로 나를 끌어들였는데, 그곳의 여자들은 가난한 고객들에게 잘 차린 아침 식사를 대접하거나 비누를 빌려주기도 했고, 욱신거리는 어금니를 살펴봐 주기도 했으며, 아주 급한 경우에는 무료로 사랑을 해주는 자선을 베풀기도 했다.

그러나 내 마지막 노년기의 오후에는 이미 불멸의 카스토리나를 기억하는 사람이 아무도 없었다. 하천 항구의 찢어지게 가난한 길모퉁이에서 최고의 포주라는 성스러운 자리에까지 올랐으며, 어느 술집의 싸움터에서 한쪽 눈을 잃고 해적처럼 안대를 하고 다니던 그녀가 언제 죽었는지 아는 사람도 없었다. 확인된 그녀의 마지막 사내는 '노 젓는 죄수 호나스'라 불리던, 쿠바 카마구에이 출신의 유쾌한 흑인이었는데, 그는 기차 사고로 그 완벽한 미소를 잃어버릴 때까지 아바나의 유명한 클럽에서 트럼펫을 연주했었다.

쓸쓸한 마음으로 그 호텔을 나서자 가슴을 찌르는 듯한 통증이 느껴졌고, 집에서 만든 온갖 종류의 물약을 마셔보았지만 사흘 동안 통증은 전혀 누그러지지 않았다. 나는 급히 의사를 찾아갔는데, 그는 고귀한 가문의 혈통으로, 내가 마흔두 살 때 찾아갔던 의사의 손자였다. 나는 그의 모습을 보고 소스라치게 놀랐는데, 왜냐하면 때 이른 대머리와 돌이킬 수 없는 근시 안경과 달랠 수 없는 슬픔이 그를 얼마나 늙어 보이게 만들고 있는지, 일흔 살의 그의 할아버지와 똑같아 보였기 때문이다. 그는 보석 세공사와 같은 집중력으로 내 몸 전체를 자세하게 검사했다. 가슴과 등을 청진하고 혈압을 측정했으며, 무릎의 반사 신경과 눈 안쪽, 그리고 눈꺼풀 밑의 색깔도 살펴보았다. 내가 검사대에서 자세를 바꾸는 동안, 그가 너무나 모호한 질문을 빠르게 던지는 바람에 생각할 시간은 있었으나 대답은 할 수 없었다. 한 시간 후 그는 행복한 미소를 지으며 나를 바라보았다. 좋습니다, 제가 할 일은 하나도 없을 것 같군요, 라고 그는 말했다. 그게 무슨 소리요? 어르신의 건강 상태는 그 연배에서는 더 바랄 게 없을 정도입니다. 참 흥미롭구려! 내가 마흔두 살 때 당신 할아버지도 똑같은 말을 했지. 마치 시간이 전혀 흐르지 않은 것 같구먼. 내 말에 그는 이렇게 대답했다. 우리는 항상 그런 말을 듣게 되지요. 언제나 나이를 고려해야 하는 법이니까요. 난 그가 끔찍한 선고를 내리도록 부추기며 말했다. 유일하게 결정적인 것이 있다면 죽음이라오. 그러자 그는 대답했다. 그렇습니다. 하지만 어르신처럼 건강한 상태에서 죽음에 이르기란 쉬운 일이 아니지요. 바라시는 대로 말씀드리지 못해 죄송합니다.

그것은 고귀한 기억이었다. 그러나 8월 29일 전날 밤 우리 집 계단을 뚜벅뚜벅 올라가는 순간, 나는 냉정하게 나를 기다리고 있던 한 세기의 엄청난 무게를 느꼈다. 그때 내 어머니 플로리나 데 디오스를 다시 한 번 보았다. 어머니는 죽을 때까지 사용했던 그 침대에 계셨는데, 죽기 두 시간 전에 마지막으로 보았을 때처럼 내게 축복을 내려주었다. 너무나 감격한 나머지 정신이 혼미해진 나는 그것을 최후의 통첩으로 받아들이고, 로사 카바르카스에게 전화를 걸어 나의 소녀를 그날 밤 당장 데려오라고 말했다. 그것은 아흔 살이 끝나는 마지막 날까지 살고자 했던 나의 희망이 이루어지지 않을 수도 있다는 데 대비하기 위한 것이었다. 나는 8시에 다시 그녀에게 전화를 걸었고, 그녀는 다시 한 번 불가능하다는 말을 되풀이했다. 무슨 일이 있어도 그렇게 해야만 하오! 나는 공포에 사로잡혀 소리쳤다. 그녀는 작별 인사도 하지 않고 전화를 끊었으나 십오 분 후 다시 전화를 걸어왔다.

"좋아요, 준비됐어요."

나는 밤 10시 20분에 도착했고, 내 인생의 마지막 편지들을 로사 카바르카스에게 건네주었다. 거기에는 내가 끔찍한 최후를 맞은 후 소녀에게 남기는 유언장도 있었다. 로사 카바르카스는 난도질당한 사람 때문에 내가 충격을 받았다고 생각하고는 비웃듯이 말했다. 죽어도, 여기서 죽진 마세요. 그래서 난 이렇게 대꾸했다. 콜롬비아 항구의 전차에 치였다고 말해 주시오. 어떤 사람도 죽일 수 없는 불쌍하고 가련한 사기 그릇 같은 그 전차에 치였다고 말이오.

그날 밤 나는 모든 것을 준비하고 아흔한 살이 되는 첫 번째 순간에 닥칠 마지막 고통을 기다리면서 드러누웠다. 멀리서 종소리가 들려왔고, 옆으로 누워 자고 있던 델가디나의 영혼이 내뿜는 향내가 풍겨 왔다. 수평선에서 비명이 들렸는데, 아마도 한 세기 전에 이 방에서 죽었던 그 누군가의 흐느낌인 것 같았다. 그러자 나는 마지막 힘을 다해 불을 껐고, 그녀를 데려가고 싶은 마음에 그녀의 손을 잡아 깍지를 끼었다. 나는 12시를 알리는 열두 번의 종소리를 세면서 마지막 열두 방울의 눈물을 흘렸다. 그러자 닭들이 울기 시작했고, 영광의 종소리가 울려 퍼졌으며, 아흔 살까지 무사히 살아남은 기쁨을 축하하는 축제의 불꽃이 솟아올랐다.

내가 처음으로 말을 건넨 사람은 로사 카바르카스였다. 당신 집을 사겠소. 가게와 채소밭을 포함해서 전부다. 그러자 그녀가 말했다. 늙은이들의 내기를 하지요. 살아남는 사람이 상대방의 모든 것을 갖기로 공증인 앞에서 서명해요. 그럴 순 없소, 나는 죽으면 소녀에게 전부 물려줄 거란 말이오. 이 말을 들은 로사 카바르카스가 말했다. 나도 마찬가지예요. 그 소녀는 내가 책임질 것이고, 나중에 모든 것을, 당신 것과 내 것 모두를 남겨줄 테니까요. 내게도 이 세상에 그 애밖에 없어요. 그러는 동안, 우선 당신 방을 수리하도록 해요. 당신 책이며 전축도 가져다 놓고 에어컨 같은 편의 시설도 갖추도록 해요.

"소녀가 따를 거라고 생각하오?"

"아, 나의 서글픈 현자 양반, 늙는 것은 괜찮지만 멍청한 소리는 하지 마세요." 로사 카바르카스는 우스워 죽겠다는 듯이 말했다. "그 불쌍한 아이는 당신을 미칠 정도로 사랑하고 있어요."

햇빛이 환하게 비추는 거리로 나선 나는 처음으로 내

가 나의 첫 번째 세기의 희미한 수평선에 이르러 있음을 알았다. 아침 6시 15분경 고요하고 정돈된 나의 집은 행복한 여명의 색깔을 즐기기 시작했다. 다미아나는 부엌에서 목청껏 노래를 부르고 있었고, 되살아난 고양이는 내 발목에 꼬리를 둘둘 말더니 책상까지 함께 걸어갔다. 나는 누렇게 바랜 종이와 잉크병, 오리 깃털 펜을 정돈했다. 태양은 공원의 편도나무 사이로 떠올랐고, 강이 마른 탓에 일주일이나 늦게 도착한 하천 우편선이 포효하면서 항구로 들어왔다. 마침내 현실이 되었다. 그러니까 나는 건강한 심장으로 백 살을 산 다음, 어느 날이건 행복한 고통 속에서 훌륭한 사랑을 느끼며 죽도록 선고받았던 것이다.

2004년 5월

# 옮긴이의 말

1 사랑과 고독, 늙음과 성에 관한 이야기

라틴 아메리카는 『내 슬픈 창녀들의 추억』이 대도시 서점에 배포되는 2004년 10월 26일을 애타게 기다렸다. 그것은 가르시아 마르케스가 『사랑과 다른 악마들』(1994)을 출판한 후 십 년 만에 선보이는 작품이기 때문이었다. 배포 이전부터 전 세계 언론의 초점이 된 탓인지, 이 책은 여러 가지 역사를 남겼다. 가장 기억할 만한 것은 출판사 측에서 철저한 보안을 취했지만 공식적으로 배포되기 일주일 전에 최종 교정본을 복사한 해적판이 보고타 시내에 출현했고, 해적판이 거리에 범람하자 출판사는 급히 배포 일정을 앞당겼다는 것이다. 또한 해적판과 공식 판본이 다르도록 가르시아 마르케스가 급히 마지막 부분을 수정했다는 것도 기억될 만하다. 그것이 소문에 불과하다고 하는 사람들도 있지만, 필자가 확인해 본 바로는, 실제로 마지막 페이지의 단어 하나가 수정되었다.

이렇듯 공식 배포가 되기 전부터 수많은 화제를 모으며 세인의 관심의 대상이 된 이 소설을 두고, 라틴 아메리카의 모든 비평가들은 이 책이 2004년 라틴 아메리카의 문학계에서 가장 중요한 작품이라고 입을 모은다. 『내 슬픈 창녀들의 추억』은 처음에 한 권의 소설이 아닌 세 개의 단편으로 이루어진 연작소설로 구상되었다. 그래서인지 이 소설은 장편소설이 되기에는 너무 짧고, 단편이 되기에는 너무 길어서, 가르시아 마르케스의 가장 훌륭한 작품 중 하나인『아무도 대령에게 편지하지 않다』처럼 장편과 단편의 경계를 오가고 있다.

『내 슬픈 창녀들의 추억』의 줄거리는 의외로 단순하다. 시대적 배경은 1950년대이고, 공간적 배경은 콜롬비아의 바랑키야이지만, 이 이름은 언급되지 않는다. 아마도『백년의 고독』에 등장하는 카탈루냐 현자의 말대로, 너무 현실적인 이름은 독자가 꿈꿀 공간을 거의 남겨두지 않기 때문일 것이다. 작품의 주인공들은 이름이 없다. 아흔 살의 남자 주인공은 '서글픈 언덕'이라는 별명으로, 그리고 열네 살짜리 소녀는 주인공이 마음대로 붙인 '델가디나'라는 이름으로만 불릴 뿐이다. 신문에 일요 칼럼을 쓰고 요한 세바스티안 바흐의 무반주 첼로 조곡을 사랑하며 스페인어와 라틴어를 가르쳤던 아흔 살의 주인공은 창녀들과 책과 음악으로 가득했던 기나긴 자신의 삶을 숫처녀와 함께 침대에서 축하하기로 결심한다. 그는 "노래하지 않는 사람은 노래하는 행복이 어떤 것인지 상상할 수도 없다."고 확신하는 사람이다. 그는 돈을 지불하지 않고 여자와 잠자리를 가진 적이 한 번도 없으며, 그런 창녀들 때문에 결혼할 시간이 없었던 사람이기도 하다.

그런데 이 책의 제목에는 입에 올리기 거북한 '창녀'란 단어가 있다. 인류의 역사와 함께했을 정도로 매춘은 그 역사가 깊기에, 그것을 소재로 한 소설들은 중세 이후부터 많이 있었다. 그러나 '창녀'란 말을 작품의 제목으로 과감하게 사용한 경우는 그리 흔치 않다. 아나톨 프랑스의 『창녀와 수도사』, 사르트르의 『존경스러운 창녀』, 그리고 라틴 아메리카 문학에서는 로베르토 볼라뇨의 『살인 창녀들』 정도이다.

창녀들이 사는 사창가는 쾌락과 동시에 고통으로 점철된 비참한 삶이다. 그래서인지 사창가는 소설가들의 이상향이 되기도 했다. 가르시아 마르케스가 존경해 마지않았던 포크너는 자기가 가지고 싶었던 최고의 직업은 사창가 관리인이었다고 언젠가 말했다. 왜냐하면 그곳은 배고픔의 두려움에서 완전히 해방되어 작업할 수 있는 가장 훌륭한 공간이기 때문이다. 그는 이렇게 말했다. "지붕이 있는 곳에서 잠을 자고, 아주 간단한 장부 정리 밖에는 별로 할 것도 없으며, 한 달에 한 번 경찰에게 돈을 바치러 가면 된다. 이 장소는 일하기에 최적의 시간인 아침에는 조용하다. 또한 밤에는 예술가가 지겹지 않도록 왕성한 사교 활동이 벌어진다. 게다가 모든 종업원들은 여자이고, 그를 존경을 가지고 대한다."

『내 슬픈 창녀들의 추억』은 제목에서 풍기는 인상과는 달리, 주인공 '서글픈 언덕'이 끝없이 사창가를 전전하며 밤을 보내는 이야기가 아니라, "섹스란 사랑을 얻지 못할 때 가지는 위안에 불과한 것"이라는 믿음을 가진 아흔 살 노인의 인간적인 이야기이다. 이 짧은 작품에서 가르시아 마르케스는 아흔 살 노인의 부모, 라틴어와 스페인어 문법에 대한 그의 사랑, 고독, 성생활, 그리고 태어났던 바로 그 침대에서 죽음을 기다리는 자신의 기나긴 삶처럼, 그의 생애에서 가장 의미 있는 일화들을 서술한다.

'서글픈 언덕'은 열네 살의 어린 소녀 '델가디나'를 건네받으러 로사 카바르카스의 매음굴로 향한다. 그리고 델가디나와 함께 인생의 마지막 길에서 사랑에는 나이도 없고 시간도 없다는 것을 배운다. 또한 늙음이란 "우리가 마음속으로 느끼지는 못하지만, 바깥에서는 모든 사람들이 보는 것"임을 깨닫는다. 그러면서 주인공은 자기가 쉰 살이 될 때까지 514명의 여자와 관계를 가졌음을 떠올린다. 그들은 모두 창녀들이었지만, "진정한 사랑과 사랑하는 경이를 맛보지 않고는" 죽지 말라고 충고하는 카스토리나와 같은 순진하고 순박한 여자들이다.

항상 '좋아요.'라고만 대답하는 창녀들을 통해 주인공의 삶은 이루어진다. 하지만 이 이야기의 가장 흥미롭고 아름다운 부분은 열네 살에 불과한 '델가디나'가 그를 육체적으로 알지도 못하고 (잠들어 있기 때문에)사랑하지도 못한다는 데 있다. 두 사람 사이에는 존재하면서도 존재하지 않는 관계, 현실적이면서도 비현실적인 관계처럼 마술적인 관계가 이루어진다. 그리고 이를 통해 '서글픈 언덕'은 사랑은 상호적이어야만 하는 것이 아니라, 사랑하는 사람의 옆에 있으면서 그를 느끼는 것만으로 족하다는 사실을 깨닫는다. 즉, 그렇게만 해도 진정으로 사랑하는 사람들은 하나가 될 수 있다는 것이다.

인생의 황혼기에 집필한 이 작품에서 가르시아 마르케스는 우리에게 진정한 사랑이란 그 어떤 대가도 요구하지 않는다는 것을 가르쳐주고, 그걸 절대로 잊지 않게 해준다. 이런 의미에서 이 작품은 기억의 고통스러운 강이라기보다는, 현재에 관한 놀라운 이야기다. 즉, 돌아오지 않을 과거에 대한 탄식 섞인 회상이 아니라, 오랜 세월을 살며 다양한 경험을 한 어느 남자의 삶에 대한 현재의 감정을 털어놓는 이야기다. 그는 늙음 앞에 굴복하기를 거부하고, 생애 처음으로 '사랑'이란 단어의 진정한 의미를 발견한다.


2 창녀들에 대한 기억 되살리기

가르시아 마르케스의 이 작품은 가와바타 야스나리의

『잠자는 미녀의 집』을 기리면서, 작품의 무대를 일본 교토의 유곽에서 카리브 해의 바랑키야로 옮긴다. 또한 주인공도 예순일곱 살의 노인 에구치가 아니라, 처녀와의 밤을 스스로에게 선사하고자 마음먹는 아흔 살의 노인이다. 가르시아 마르케스의 모든 작품들이 작가의 실제 삶을 담고 있듯이, 이 작품도 가르시아 마르케스가 콜롬비아의 바랑키야에서 1950년대를 보낼 때 그와 함께 지냈던 여자들과 남자들에 관한 기억을 담고 있다.

이 작품이 출판되기 얼마 전에 에리베르토 피오리요가 《다이너스》란 잡지에 쓴 취재 기사에 의하면, 가르시아 마르케스는 1980년대 초부터 이 작품을 쓰기 시작했다. 하지만 당시에는 소설의 어조와 문체, 그리고 등장인물들의 성격이 서로 조화되지 않는다고 느꼈다. 유럽에 살고 있는 라틴 아메리카 사람들에 관해 썼던 60편의 이야기를 대부분 휴지통에 던져버렸던 것처럼, 그는 자신의 글을 미덥지 않게 생각했다. 가르시아 마르케스는 후에 몇 편을 다시 써서 『열두 개의 순례 이야기』란 제목으로 출판했지만, 방탕한 사랑을 기억하는 늙은 노인에 관한 작품은 해결되지 않고 있었다. 그러자 그는 자신에게 도움이 될 것 같은 소설 두 편을 읽었다. 하나는 귀스타브 플로베르의 『감정교육』이었다. 그것은 자신의 작품이 플로베르의 작품과 닮아가지 않도록 하기 위함이었지만, 그의 고민거리를 해결해 주지는 못했다. 두 번째 책은 노벨상 수상 작가인 가와바타 야스나리의 『잠자는 미녀의 집』이었다. 그는 2년 전에 그 책을 처음 읽으면서 강한 인상을 받았었다.

당시 가르시아 마르케스는 "이것이야말로 내가 쓰고 싶은 유일한 소설이다."라고 흥분하여 말했다고 전해진다. 그러나 그 작품을 다시 읽었을 때는 별로 도움이 되지 못했다. 그는 카리브 해 노인들의 성행위에 관한 흔적을 찾고 있었지만, 『잠자는 미녀의 집』은 일본 노인들에 관한 것이었지, 카리브 해 노인들의 행동 양식과는 상당한 차이가 있기 때문이었다. 그래서 가르시아 마르케스는 저녁 식사를 하는 동안 가족에게 자문을 구하기로 결심했다. 큰아들이자 영화감독인 로드리고는 『젊은 베르테르의 슬픔』을 다시 읽어보라고 권했다. 가르시아 마르케스는 기대를 가지고 큰아들의 조언을 따랐지만, 괴테의 작품은 여덟 번째 편지 이상을 읽을 수 없었다. 바로 그때 둘째이자 실용적인 사고의 소유자인 곤살로가 인내심을 가지라고 말했다. "몇 년만 더 기다려 보세요. 그리고 아버지의 경험을 통해 확인해 보세요." 이십 년 후, 가르시아 마르케스는 곤살로의 조언에 따라『내 슬픈 창녀들의 추억』을 쓰게 된다. 가르시아 마르케스는 항상 이렇게 말해 왔다.

"내 책 중에서 이십 년도 지나지 않은 사건들을 서술한 책은 단 하나도 없을 겁니다. 나는 모든 개인적인 경험이 자리를 잡기 위해서는 오랜 시간이 필요하다는 것을 압니다. 아주 긴 침전의 과정을 통해서만 시적인 무게를 지니게 되지요. 시간과 기억과 노스탤지어만이 줄 수 있는 시적인 무게 말입니다."

그는『내 슬픈 창녀들의 추억』에서 아흔 번째 생일을 맞는 주인공을 통해, 가장 강도 높고 결정적이었던 순간을 되살린다. 그것은 바로 알폰소 푸엔마요르, 헤르만 바르가스, 알바로 세페다 사무디오, 그리고 '카탈루냐의 현자'인 라몬 비녜스와 함께 바랑키야에서 살며 보냈던 '고백할 수 없었던' 순간이다. 당시 가르시아 마르케스는《엘 에랄도》에 칼럼을 쓰고 있었으며, '성스러운 악어'라고 불렸던 약사 바르차의 딸 메르세데스와 연애를 하고 있었다.

『내 슬픈 창녀들의 추억』이 가르시아 마르케스의 옛

기억에 바탕을 두고 있다면, 이것은 소설일까 아니면 소설화된 르포일까? 우리는 꿈과 현실, 저널리즘과 소설의 기법을 요리한 이 새로운 작품에 이런 질문을 던질 수 있다. 가르시아 마르케스는 이 작품에서 앞서 말한 바랑키야의 네 수다꾼들의 소설적 관심뿐만 아니라 그들의 행동을 포함시킨다. 그들은 아바호, 차이나타운, 라 세이바 동네의 사창가에서 술을 마시면서 뜨거운 논쟁을 벌였던 장본인들이다. 언젠가 가르시아 마르케스는 이렇게 썼다. "나는 아직도 한 발은 문학에, 다른 한 발은 저널리즘에 딛고 있습니다.…… 비평가들이 대학이나 신문에서 논쟁을 벌이는 이런 개념들은 내가 살아오면서 많은 도움이 되었습니다. 나는 그것을 대학이나 학교에서 배운 적이 한 번도 없습니다. 단지 바랑키야에서 가졌던 대화들, 네그라 에우페미아의 집이나 사창가, 혹은 술에 취해 나누었던 대화에서 배웠지요."

사창가의 일화들은 『백년의 고독』, 『콜레라 시대의 사랑』, 『인생을 이야기하기 위해 살다』, 『내 슬픈 창녀들의 추억』에 서로 다른 방식으로 삽입되어 있다. 그것들은 소설이며 동시에 소설화된 르포이기도 하다. 『내 슬픈 창녀들의 추억』 속에서 소설과 르포는 그가 찾고 있던 문학적 무질서의 일부를 이루고 있으며, 그는 이름을 말할 수 없는 바랑키야의 사창가에서 그것을 찾았다. 문학이나 글쓰기는 사람들을 비웃기 위한 최고의 장난감임을 알바로와 함께 깨달았던 곳도 바로 그곳이었다.

1950년대 바랑키야의 공증 사무소 맞은편에 있던 하숙집이자 매음굴에서 창녀 마리아 엔카르나시온과 카탈리나 라 그란데와 나눈 대화, 차이나타운에 있던 네그라 에우페미아와 필라르 테르네라의 동물원 같은 창녀촌에서의 대화, 아우렐리아노와 호세 펠릭스의 정부들, 이런 것들은 가르시아 마르케스의 여러 작품에 등장한다. 또한 로시타 술집도 빼놓을 수 없는데, 그곳은 『내 슬픈 창녀들의 추억』에서 언급되는 오를란도 피구리타 리베라가 여자들의 엉덩이를 쓰다듬으면서 그림을 그렸던 곳이다.

슬픈 창녀들, 늙어서 슬픈 여자들, 고독해서 슬픈 여자들. 손풍금 옆에서 꾸벅꾸벅 졸며 손님을 기다리던 창녀들. 천장에서 삐걱거리며 돌아가던 선풍기 아래에서, 그리고 버려진 무도회장에서 따분함을 이기지 못해 하품을 하던 '임대용' 여자들. 에렌디라처럼 처녀성을 바나나 한 개 값으로 바꾸고 나중에는 할머니에 의해 몸을 팔게 되는 비쩍 마른 소녀. 그리고 배가 고파 남자와 잠자리를 하는 여자들. 이들이 슬픈 창녀들이다. 그러나 창녀들이 말하는 최악의 여자는 정략적으로 결혼하거나 남편을 속이는 여자들이다. 그들이야말로 창녀 중의 창녀라는 것이다.

가르시아 마르케스의 작품에서 슬픔은 고독의 친구다. 그것은 또한 늙음의 친구이기도 하다. 이 작품의 제목에 있는 '슬픔'의 의미는 창녀들에게만 한정되는 것이 아니다. 그는 이렇게 말한다. "믿을 수 없는 말이겠지만, 나는 내가 알고 있는 가장 고독하고 가장 슬픈 사람들 중의 하나입니다. 카리브 해 사람들은 함께 어울려 다니기를 좋아하고, 춤과 파티를 좋아하지만, 아주 슬프고 고독한 사람들입니다. 축제가 무르익었을 때 당신은 그런 모습을 볼 수 있을 겁니다. 그들의 눈에 가득 담긴 우수를……."

3 사창가-가르시아 마르케스 작품의 배경

사진작가 엔리케 스코펠과 환초 히네테는 가르시아

마르케스, 알레한드로 오브레곤, 알바로 세페다 사무디오, 헤르만 바르가스, 알폰소 푸엔마요르, 카탈루냐의 현자 라몬 비녜스 등으로 이루어진 '동굴 그룹'의 멤버였다. 그들은 가르시아 마르케스와 함께 사창가를 드나든 사람들이다. 알폰소 푸엔마요르는 사창가에 있던 가르시아 마르케스의 방을 '마천루'라고 불렀다. 그곳의 공식 명칭은 '바르가스 방'이었다. 이곳 사창가의 여자들과 '범죄' 거리의 다른 술집 여자들은 고객을 찾아 콜론 거리를 배회하곤 했다. 또한 같은 목적으로 '콜로니알 카바레'를 드나들곤 했는데, 그곳에서는 그 그룹의 화가이자 사창가와 정신 병원을 번갈아 오가며 지옥의 벽화를 그렸던 피구리타 리베라가 춤을 추던 곳이었다.

가와바타 야스나리의 소설에서는 기쁨의 핵심이 잠자는 여자들의 아름다움을 지켜보는 데 있다. 그 여자들을 깨울 수도 없고 만질 수도 없다. 반면에 가르시아 마르케스 그룹의 세계에서 중요한 것은 이야기들이었다. 1950년대에 그들은 술집과 사창가를 찾곤 했다. 피구리타와 오브레곤을 포함한 동굴 그룹의 모든 사람들이 그랬다. 여자들과 사랑을 하기 위해서가 아니라 대화를 나누기 위해서 그곳에 갔다. 스코펠은 이렇게 밝힌다. "우리는 아주 늦은 시간까지 남아 있었지요. 그곳이 문을 닫을 때까지 말입니다. 여자들로부터 고객들의 이야기를 들으려고 기다렸던 것이지요." 한편 히네테는 이렇게 지적한다. "하지만 대부분은 놀라울 정도의 윤리 의식을 지니고 있었답니다. 그들은 자기 방에서 일어난 일들을 전혀 밝히지 않았지요. 반면에 이웃에서 포착할 수 있었던 소식은 모두 들려주었답니다."

스코펠에 의하면, 그들은 "당신처럼 사랑스러운 여자가 왜 이런 곳에 있어요?"라는 식의 평범한 질문을 던지곤 했다. 그렇게만 물어도 여자들은 자신들의 이야기를 들려주었다. 여자들의 입에서 가장 자주 들을 수 있었던 이야기는 자신이 아버지나 계부에게 강간을 당했거나, 아니면 애인과 사귀다가 아기를 가졌지만 애인과 자기 가족에게도 버림받았다는 것이었다.

또한 이 소설의 '서글픈 언덕'이나 『콜레라 시대의 사랑』의 플로렌티노 아리사와 같은 인물들, 그리고 가르시아 마르케스와 그의 친구들은 여자들과 남아 새 아침을 맞곤 했다. 그것은 방탕한 짓을 하기 위해서도 아니었고, 잠자는 여자들의 숨결을 느끼기 위해서도 아니었다. 그것은 그곳에서 그 여자들과 함께 먹는 아침 식사와 맥주와 계란이 집에서 먹는 것보다 더 즐겁고 사랑스러운 것 같았기 때문이다.

에리베르토 피오리요에 의하면, 이 그룹의 다른 사람, 즉 마이애미에 살고 있는 화가 알폰소 멜로는 바랑키야에서 가장 형편없는 사창가 중에 알레한드로 오브레곤과 가르시아 마르케스, 그리고 알폰소 푸엔마요르가 자주 찾던 '엘 몰리노 로호'가 있었다면서 이렇게 말한다. "나는 그들과 함께 몇 번 그곳에 갔지요. 그곳 여자들은 처음엔 보다 고급스러운 사창가에서 일을 했지만, 세월이 흐르면서 점차로 등급이 낮아졌고, 결국 그곳까지 오게 된 것이었지요. 모두가 하얀 럼주를 벌컥벌컥 들이켰고, 자기 파트너와 얼굴을 맞대고 진하게 춤을 추곤 했지요." 그러면서 한 가지 일화를 들려준다. 어느 날 밤 한 취객이 '엘 몰리노 로호'로 값싼 여자 향수를 가져와 병뚜껑을 열고는 그곳에 있는 사람들에게 뿌렸다. 그러다가 미끄러져서 벽을 향해 돌진했고, 벽에 부딪쳐 머리가 깨져버렸다. 그날 그들은 모두 창녀 향수 냄새를 풍기며 집으로 돌아가야 했다. 그는 이렇게 말을 맺는다. "그런 모험을 즐기면서도 평생 병에 걸리지 않고 온전할 수 있었던 것은 모두 하느님이 기적을 베푼 덕분이지요."

 그 밖에도 가르시아 마르케스가 알폰소 푸엔마요르와 함께 유명한 프랑스 창녀들을 인터뷰하기 위해 바랑키야의 차이나타운을 찾아간 일화는 널리 알려져 있다. 이 프랑스 창녀들은 유럽 각지에서 온 여자들로, 1930년대 말에 콜롬비아 항구를 통해 들어왔다. 그들은 바랑키야의 남자들에게 큰 뉴스거리가 되었고, 그래서 남자들은 차이나타운으로 이사를 하려고 결심하기도 했다. 알폰소 푸엔마요르는 회고록에서 이렇게 말한다. "한 명이 남아 있었지요. 아마도 여든 살은 되었을 겁니다. 하지만 아직도 그 직업에 종사하고 있었어요. 가르시아 마르케스는 그녀와 이야기를 나누기 시작했어요. 그 노인은 이미 프랑스어를 잊어버린 상태였지요. 아니 프랑스가 아닌 헝가리에서 태어났으니 프랑스어를 몰랐을 수도 있어요. 그녀의 기억은 너무나 희미했고 대답도 너무나 형식적이었지요. 그래서 가르시아 마르케스는 즉시 그곳을 떠나기로 마음먹었고, 그곳을 나오면서 '아무것도 없어. 내가 이야기를 만들어내는 편이 나을 것 같아.'라고 했어요."

 이 바랑키야의 프랑스 창녀들 사이에서 '몬다(monda)'

라는 말이 생겨난다. 그것은 남성의 성기를 일컫는 말인데, 그 말이 생겨나게 된 일화는 다음과 같다. 어느 날 프랑스 여자들이 일하던 사창가에 씩씩하고 까무잡잡한 남자가 나타났다. 그는 사랑을 하기 전에 의례적으로 행해지던 '세척'을 하기 위해 자기 성기를 내밀었다. 그걸 본 프랑스 여자들이 깜짝 놀라 "Mon Dieu!(하느님 맙소사!)" 하고 외쳤다. 바로 여기서 '몬다'라는 말이 유래한다.


4 번역을 마치며

『내 슬픈 창녀들의 추억』은 가르시아 마르케스가 1982년 파리에서 뉴욕으로 가는 비행기 안에서 잠자고 있던 아름다운 여인을 일곱 시간 동안 지켜보며 구상하게 된 것으로 알려져 있다. 이 일화를 바탕으로 그는 1982년 9월 19일에 「잠자는 미녀의 비행기」란 칼럼을 쓰는데, 여기에는 그가 쉰다섯 살 때 느꼈던 감정이 고스란히 담겨 있다. 이 글을 쓰고 한 달 이틀이 지난 후, 그는 노벨 문학상 수상자로 결정된다. 그러나 앞에서도 밝혔듯이 이 작품의 무대와 분위기는 『백년의 고독』,

『콜레라 시대의 사랑』을 비롯한 소설과 최근에 펴낸 자서전 『인생을 이야기하기 위해 살다』와도 밀접한 관계를 맺고 있다.

짧기에 부담 없이 시작한 이 작품의 번역은 의외로 녹녹치 않았다. 그것은 아흔 살의 노인을 주인공으로 등장시키면서, 주인공의 말투에 걸맞게 가르시아 마르케스가 이미 '퇴직한' 단어들, 즉 고어들에 생명을 불어넣고 있고, 콜롬비아 밖에서는 잘 쓰이지 않는 단어들도 많이 사용하고 있기 때문이다. 이 소설이 출판된 지 얼마 안 되어 이 소설에 사용된 어휘들의 뜻풀이가 인터넷에 떠돌았다는 사실을 보더라도, 이 작품에 얼마나 생소한 단어들이 사용되었는지는 익히 짐작할 수 있을 것이다.

이 짧은 소설이 출판되면서, 라틴 아메리카의 베스트셀러 목록은 커다란 변화를 겪었다. 확고부동하게 1위를 차지하고 있던 『다빈치 코드』를 순식간에 밀어냈고, 반년이 지난 지금까지도 그 순위에는 변함이 없다. 이것은 『내 슬픈 창녀들의 추억』에 대한 독자들의 기대가 그만큼 컸다는 뜻이기도 하지만, 라틴 아메리카의 독자들이 얼마나 가르시아 마르케스의 작품을 사랑하는지를 보여주는 증거이기도 하다. 그의 작품을 읽으면서 독자들은 대가의 작품이란 읽는 이에게 고통과 불안만을 주는 것이 아니라 기쁨도 또한 준다는 것을 몸소 체험하게 될 것이다.

2005년 4월

송병선

옮긴이 **송병선**
한국외국어대학교 스페인어과를 졸업했다.
콜롬비아 카로이쿠에르보 연구소에서 석사 학위를,
하베리아나 대학교에서 문학 박사 학위를 취득하고 전임 교수로 재직했다.
현재 울산대학교 스페인중남미학과 교수로 재직 중이다.
지은 책으로 『보르헤스의 미로에 빠지기』 등이 있고,
옮긴 책으로 『픽션들』, 『알레프』, 『거미여인의 키스』, 『콜레라 시대의 사랑』,
『말하는 보르헤스』, 『썩은 잎』, 『내 슬픈 창녀들의 추억』, 『족장의 가을』,
『모렐의 발명』, 『천사의 게임』, 『꿈을 빌려드립니다』, 『판탈레온과 특별 봉사대』,
『염소의 축제』, 『나는 여기에 연설하러 오지 않았다』 등이 있다.
제11회 한국문학번역상을 수상했다.

## 내 슬픈 창녀들의 추억

1판 1쇄 찍음 2005년 4월 15일
1판 21쇄 펴냄 2023년 12월 13일

지은이 · 가르시아 마르케스
옮긴이 · 송병선
펴낸이 · 박근섭, 박상준
펴낸곳 · (주)민음사

출판등록 1966. 5. 19. 제16-490호
서울 강남구 도산대로1길 62(신사동)
강남출판문화센터 5층 (06027)
대표전화 02-515-2000 / 팩시밀리 02-515-2007
www.minumsa.com

한국어판 ⓒ 2005, 2016, 2024. Printed in Seoul, Korea.

ISBN 978-89-374-8064-5 (03870)

*이 책의 표지에 사용된 Joan Miro의 작품 일부는 SACK를 통해
ADAGP와 저작권 계약을 맺은 것입니다.
저작권법에 의해 한국 내에서 보호를 받는 저작물이므로
무단 전재와 무단 복제를 금합니다.

*잘못 만들어진 책은 구입처에서 교환해 드립니다.